LE JARDIN DES APPARENCES

Véronique Olmi

ACTES SUD - PAPIERS
Fondateur : Christian Dupeyron
Editorial : Claire David

Cette collection est éditée avec le soutien de la SACD
Société des Auteurs et Compositeurs Dramatiques

Illustration de couverture :
Camille Corot, *Un chemin dans la campagne, le soir* (1840-1845)
(collection particulière)

ISSN 0298-0592 ISBN 2-7427-2975-5

à Ariane A.

Le temps d'apprendre à vivre il est déjà trop tard

ARAGON

PERSONNAGES

Armand, le père
Michelle, la fille aînée d'Armand
Paul, le mari de Michelle
Sabine, la seconde fille d'Armand
Hervé, le mari de Sabine

PREMIÈRE PARTIE

C'est une matinée ensoleillée de septembre, dans un vaste jardin de la banlieue parisienne, aux herbes hautes, aux arbres superbes ; contre un mur, un rosier blanc.
Michelle est assise sur la terrasse, à ses côtés, sur une table, un manuscrit.

MICHELLE. On en a fait des parties de cache-cache dans ce jardin. Cache-cache délivrance. La dernière fois c'était quand ? Cache-cache délivrance dans la nuit… ? c'était ? ah, oui… il y a longtemps – on ne comptait pas encore les dernières fois… Dans la nuit ! Quelles rigolades ! Ça aidait pas à s'endormir… Les prisonniers attendaient la délivrance, une main posée sur le tronc du tilleul… quand on était seul à attendre, on sautillait nerveusement, une main impatiente sur le tronc du tilleul, et cette petite douleur au creux du ventre…
(Un temps. Elle regarde le jardin.)
Il était quand même mieux entretenu… oh oui… les herbes, surtout… ça ! Je vais lui dire de couper les herbes – un minimum.
(Un temps.)
Pourquoi ? Pourquoi est-ce que je lui dirais de couper les herbes ? Pourquoi est-ce que je lui dirais d'entretenir son jardin ? L'herbe va pousser. Partout. Comme la barbe sur une peau morte. Ça va pousser. On dira : "C'est un jardin à l'abandon. La maison aussi est abandonnée, vous ne pensez pas ?" On croira ça parce qu'il y aura un carreau cassé, en bas, celui de la cuisine, et des ronces jusque sur le volet de sa chambre et des toiles d'araignée autour des serrures mais bon, parfois je dirai bon, il faut aller aérer la maison, le jardin tant pis, il y aurait trop à faire, oh non le jardin vraiment je n'ai pas le courage, les herbes étaient déjà si hautes, les herbes je me souviens…

On entend la lourde grille du jardin. Michelle, aussitôt, se plonge dans la lecture du manuscrit. Paul arrive, un paquet de croissants à la main, qu'il pose sur la table après s'être assis aux côtés de Michelle qui l'ignore ostensiblement. Un temps, puis :

PAUL. Tu ne sais pas qui j'ai croisé ? Françoise ! Oui ! Elle filait à la polyclinique du Parc… elle bosse… c'est une bosseuse…
(Un temps.)

Il va faire beau. Il va faire très, très beau... J'ai acheté des croissants. Elle fonçait, dis donc ! Ça traînait pas – on a échangé deux mots, quand même...
(Un temps.)
Je vais réserver un court de tennis, tiens – si Hervé est en forme. Elle m'a dit que ton père, ce matin, elle l'avait trouvé... enfin, moi, ça m'étonnerait pas qu'il soit grossier avec elle – il a déjeuné ?

MICHELLE. Non. Je l'attends.

PAUL *(se lève).* Je vais faire le café, alors. Tu en reprends ?

MICHELLE. Bien sûr. Pour faire honneur aux croissants. *(Paul s'éloigne.)* Paul ! Ne refile plus à papa tes échantillons pour adolescents bisexuels, tes après-rasages en pipette : il dit qu'il sent le travesti portuaire.

PAUL. Portuaire ? Ça c'est incroyable ! On les vend très, très bien – même en province... très, très bien !

MICHELLE. Parce qu'ils sont déjà en vente ? Et toi, généreusement, tu lui offres des échantillons... je suis heureuse d'apprendre que vous avez enfin le sens du commerce, cher monsieur Labarte !

PAUL. Merci.

Il s'en va dans la maison. Michelle jette le paquet de croissants à terre, le piétine, le repose sur la table, en lance quelques miettes aux oiseaux.

MICHELLE. Venez becqueter, bandes d'innocents ! Têtes de piafs ! Lâcheurs de chiures ! Poubelles de table ! Petits ! Petits ! Approchez bandes d'emplumés ! Petits ! Petits ! *(Un léger temps.)* Oiseaux de malheur... Vous reviendrez, vous, hein ? Sous les feuilles mortes, dans les troncs d'arbres, y aura toujours de quoi vous remplir la panse, ça oui... Et sous le toit, dans la remise et jusque dans les trous du mur, ça va pondre, pire qu'un matin de Pâques...

Arrivée d'Armand.

ARMAND. Je hurle dans la maison comme un chacal et personne ne vient ! Depuis un quart d'heure, je hurle dans la maison...

MICHELLE *(l'interrompt).* Paul est à la cuisine, tu sais bien qu'il a horreur qu'on se parle d'une pièce à l'autre, même s'il t'entend, il ne te répondra pas – bonjour, papa. *(Ils s'embrassent.)* Tu as bien dormi ?

ARMAND. Non. Je n'ai pas fermé l'œil de la nuit. J'ai réfléchi. J'ai pensé à Sabine toute la nuit.

MICHELLE. Assieds-toi, Paul va arriver avec le café. Ça m'ennuie que tu aies passé une nuit blanche...

ARMAND. Une nuit noire. Très noire – enfin... je ferai une sieste...

MICHELLE. Voilà, tu feras une sieste – mais pas trop longue, hein ? tu garderas un peu de fatigue pour la nuit.

ARMAND. Comment tu la trouves, toi, cette Fanchon ?

MICHELLE. C'est pas Fanchon, papa, c'est Françoise.

ARMAND. Ne me contrarie pas, elle a une tête à s'appeler "Fanchon". Une tête, mais pas de cœur – c'est une sans-cœur : elle me lave sans même détourner le regard, elle me brutalise et elle est trop pressée, elle rince mal. Je suis tout poisseux. Je la veux plus. Je veux plus qu'elle vienne ; tu m'entends Michelle ?

MICHELLE. Hum... hum...

ARMAND. Faut la foutre à la porte. Elle a de grosses mains rouges toutes râpeuses, forcément ! ça entame la peau de ne pas rincer ! Pourquoi vous ne me faites pas couler un bain, je lui demande, je voudrais flotter dans l'eau chaude. "Ah ! mais je n'ai pas le temps ! vous êtes marrant !" – Elle me dit ça, elle me dit : "Vous êtes marrant !" Mais moi, le temps, je l'ai ! et j'ai surtout pas besoin d'elle pour me surveiller dans mon bain, je sais nager.
(Il regarde le paquet de croissants.) Qui vous a dit de me mixer les brioches ?

MICHELLE. C'est Paul qui les a achetés, ces débris – il s'est fait avoir, c'est tout.

ARMAND. Les hommes, ça ne devrait jamais faire les courses. *(Il lance des miettes aux oiseaux.)* Je veux plus qu'elle vienne. Je veux prendre un bain – tiens, si je prenais un bon bain le soir, je dormirais mieux, c'est sûr...
(A propos des oiseaux.) Tu leur lances des miettes pour les nourrir et ils s'enfuient !
Je me la ferai au soleil, cette sieste.

MICHELLE. Ah, non ! tu la feras dans ta chambre, avec deux oreillers et une couverture légère.

ARMAND. Dans ma chambre ? A trois heures de l'après-midi ? Je la ferai à l'ombre, sous le tilleul, oui, je ferai une sieste sous le tilleul. Je prendrai l'air tout en dormant... il est beau mon jardin, tu ne trouves pas ?

MICHELLE. Très beau. Un laisser-aller tout à fait artistique.

Arrivée de Paul avec le café.

PAUL. Le patriarche en son jardin ! Quel tableau !

ARMAND. Bonjour, Paul…

MICHELLE. Tu n'as pas entendu papa crier au secours ?

PAUL. Au secours ? Vous criiez au secours ?

ARMAND. Pas… pas entièrement…

MICHELLE. Tu deviens dangereux, Paul – maniaque et dangereux.

PAUL. Qu'est-ce qui s'est passé, Armand ?

ARMAND. Je n'ai plus envie d'en parler – c'est trop tard.

PAUL. Vous n'avez pas bien dormi ?

ARMAND. J'ai réfléchi toute la nuit.

PAUL. Mais c'est très bien ça, c'est très, très bien… *(Il ouvre le paquet de croissants ; Michelle replonge dans sa lecture.)* Mes croissants !? Vous avez pulvérisé mes croissants ?

ARMAND. On les a découverts tels quels, regarde-moi ça : même saint François d'Assise n'en aurait pas voulu ! Tu la trouves comment, toi, cette Fanchon ?

MICHELLE. Françoise.

PAUL *(toujours à propos des croissants)*. Je ne comprends pas. Je les ai portés très délicatement…

MICHELLE. Très délicatement…

ARMAND. Elle me savonne le guignol tous les matins, dans une indifférence hébétée, voilà ! c'est le mot : elle est hébétée cette fille, et en plus, elle rince mal !

PAUL. Elle est très pressée.

ARMAND. Et moi je suis très poisseux – au fait ! tes après-rasages, mon pauvre Paul, c'est encore expérimental ou vous les vendez ?

MICHELLE. Ils les vendent.

ARMAND. Cher ?

PAUL. Oui… très, très cher… même en province…

ARMAND. Ah… Pourtant, ils ont une odeur… vois-tu, ça ne devrait pas s'appeler : "Carrière", non, mais : "Arrière", parce qu'ils ont un arrière-goût… la sueur sèche ou le… le géranium flétri… plutôt : tu connais cette odeur du vieux plastique…

PAUL. Oui ?

ARMAND. Dans les cimetières. Quand il a fait très chaud dans les cimetières, en se promenant dans les allées, on sent sur nos chevilles une sorte de souffle épais, eh bien, ce souffle, c'est l'haleine du plastique et c'est l'odeur de tes après-rasages.

MICHELLE. Je te rachèterai ton eau de Cologne.

ARMAND. Ah oui, j'aime mieux ma petite lotion au gingembre…

MICHELLE *(bas à Paul)*. Chapeau !

PAUL *(à Armand)*. J'avais comme une petite envie de tailler le rosier cet après-midi, qu'est-ce que vous en dites ?

ARMAND. Sabine le fera, c'est toujours Sabine qui s'occupe du rosier.

Il est soudain rêveur, presque triste.

MICHELLE *(à Paul)*. Tu pourrais couper les herbes.

PAUL. Tout à fait ! je pourrais couper les herbes… ?

Un temps. Armand ne répond pas.

MICHELLE. Papa ?

ARMAND *(dans un sursaut)*. Oui ?

PAUL. Je pourrais tondre un peu… ?

ARMAND. Qu'est-ce que tu veux tondre ?

PAUL. Les herbes…

ARMAND. Mais non.

Un temps.

PAUL. Encore un peu de café, Armand ?

ARMAND. Un petit, pour finir les croissants – enfin : les miettes. Malgré tout, c'est bon…

PAUL. Je vous en rachèterai demain.

MICHELLE. Demain aussi ?

PAUL. Oui… puisque… ça lui fait plaisir…

MICHELLE. Ben dis donc…

PAUL *(à Armand).* Alors comme ça, vous avez réfléchi toute la nuit ?

ARMAND. Toute la nuit. Il est temps que Sabine arrive, j'ai à lui parler.

MICHELLE. C'est elle qui vient pour nous parler, papa.

ARMAND. Oh ! on sait déjà ce qu'elle a à nous dire ! Mais comment ? Comment va-t-elle survivre avec quatre enfants ?

MICHELLE. Qui t'a dit qu'elle était enceinte ?

ARMAND. Si elle fait huit cents kilomètres, ce n'est pas pour nous parler du temps sur Marseille, c'est forcément pour nous annoncer une catastrophe !

MICHELLE. Mais elle n'est pas enceinte – enfin, je ne pense pas… Elle a trois enfants… beaucoup de gens ont trois enfants… non ?

PAUL. Si.

ARMAND. En tout cas il y en a peu qui les prénomment : "Framboise, Myrtille et Cerise" – chaque fois que Sabine les appelle, je crois qu'elle a une crise de foie – des noms de confiture pour des enfants même pas baptisées !

MICHELLE. On va pas revenir là-dessus, papa !

ARMAND. J'ai réfléchi toute la nuit… Vous nous laisserez tranquilles et je lui parlerai.

MICHELLE *(reprenant son manuscrit).* C'est ça : on vous laissera tranquilles !

Un temps.

PAUL *(pour lui-même).* Tout va bien se passer… *(Un temps. A Michelle.)* Qu'est-ce que tu lis ?

MICHELLE. Mais tu sais bien : le livre de Bontemps.

PAUL. Ah, c'est lui… ! *(Il tente de lire le titre.)* "Un… un amour… un amour… interdit…"

MICHELLE. Ne lis pas par-dessus mon épaule !

ARMAND. Bontemps… Bontemps ? Le ministre ?

PAUL. Sa femme.

ARMAND. Je ne savais pas que Bontemps était marié à un écrivain.

MICHELLE. Lui non plus.

ARMAND. Maintenant, tout le monde écrit ! A part Michelle, tout le monde : les maris des vieilles stars, les femmes de terroristes ou de ministres, tous écrivains par alliance !

PAUL. Ça n'empêche pas la qualité… *(A Michelle.)* C'est bien ?

MICHELLE. Très. A mon avis, elle a été lobotomisée toute petite. C'est déprimant… elle utilise des mots tellement usés qu'on a envie de les jeter – et elle avec. Mais on va l'imprimer… on va l'imprimer… avec une bande rouge tout autour – une sorte de faux prix littéraire, comme c'est un livre en trompe-l'œil ; et à côté de sa photo gingivale : le titre, bien gros, bien gras…

ARMAND. Et c'est quoi, le titre ?

PAUL. *Un amour interdit.*

ARMAND. C'est cochon ?

MICHELLE. Mais non, c'est pas cochon, puisque je te dis qu'il n'y a rien qui dépasse, c'est des mots tout abîmés, tout écrasés, elle pourra offrir son bouquin à tous ceux qui ont besoin d'une cale sous leurs meubles branlants !

ARMAND. Ne t'énerve pas…

PAUL. Ça pourrait être vendeur, ça : *Un amour interdit*, le livre indispensable à tout ce qui branle !

ARMAND. Il a tout de suite trouvé un slogan, on voit qu'il est chef d'entreprise.

MICHELLE. On voit surtout le niveau de ses fréquentations.

PAUL. Bien…

ARMAND *(bas à Paul)*. Elle n'est pas de bonne humeur…

PAUL. Quand elle lit, c'est… oh ! ça devient terrible ! Je vous refais un café ?

ARMAND. Non, tu es gentil. *(Plus fort.)* Mais que va-t-elle devenir avec quatre enfants ? Vous ne lui en adopteriez pas un ?

MICHELLE *(se lève).* Mais tais-toi, papa, tais-toi ! Ecris, si tu veux ! Note tes délires nocturnes, invente des slogans cochons, mais arrête de nous parler de Sabine !

Elle s'éloigne.

ARMAND *(lui crie).* Touche pas le rosier, hein ! *(Un temps.)* Vraiment pas de bonne humeur... aussi ! devoir sacrifier son temps et son talent à la médiocrité des autres...

PAUL. Le problème, c'est que Michelle trouve tous les livres médiocres. Pour son anniversaire ses collègues du comité de lecture lui ont offert un bon, oui, un bon pour une cure de désensibilisation, ils ont suggéré qu'elle faisait une allergie au papier, et ça ne l'a pas fait rire, elle est rentrée à la maison dans un état ! j'ai cru qu'elle revenait d'une remise de prix.

ARMAND. C'est parfait. Le jour où la coupe sera pleine, elle l'écrira ce premier roman, plein de rage et de passion, c'est parfait !

PAUL. Il y a une différence entre le talent et la vengeance... enfin, ce que je veux dire...

ARMAND *(l'interrompt).* Ce que tu veux dire c'est que tu n'y connais rien : le talent, c'est avec la fibre paternelle qu'on le sent vibrer... Ah ! mes filles ! quel tourment... ! S'il suffisait d'une compresse chaude ou d'un cachet d'aspirine comme avant, tiens : quand on se levait la nuit, mais qu'elles étaient là... Que va-t-elle devenir, Sabine ? Mais comprends-moi bien, Paul, ce n'est pas aux petites que j'en veux, ces pauvres confitures...

PAUL. Mais je le sais bien, Armand.

ARMAND. Ce matin quand j'ai vu le soleil, j'ai pensé : quel dommage que Sabine vienne sans les enfants... les pauvres petites... c'est pas la peine d'habiter dans le Sud pour vivre enfermées dans une cage à lapins ! Oh, non, ce n'est pas aux petites que j'en veux, c'est à ce... cette espèce de...

PAUL *(l'interrompt).* C'est toujours un cadeau, oui, de voir le soleil le matin...

ARMAND. Surtout si on a un jardin – au fait : tu as vu la cabane ? La cabane de Guillaume, le fils de la femme de ménage ?

PAUL *(visiblement perdu).* Ah... je... non.

ARMAND. Mais il faut que tu voies ça ! C'est qu'il est doué ! Il a appris aux scouts – il est scout.

PAUL *(forçant son intérêt)*. Ah… !

ARMAND. Sa mère est très chrétienne, le petit a une éducation pleine de repères.

PAUL. Oui, il y a beaucoup de… repères… chez les chrétiens…

ARMAND. Ils sont catholiques. Simone, sa mère, elle lui a donné une éducation à colonnes – c'est ce qu'elle m'a expliqué : d'un côté le bien, de l'autre le mal.

PAUL. Ah oui… c'est fonctionnel…

Un temps.

ARMAND. A quelle heure ils arrivent, Sabine et Hervé ?

PAUL. Ils seront là pour déjeuner.

ARMAND. Il faudra manger dehors, que Sabine en profite un peu, de ce soleil…

Un temps.

PAUL. Finalement, vous l'avez traité ?

ARMAND. Qui ?

PAUL. Le rosier.

ARMAND. Je ne t'ai pas dit ? Guillaume a fait un lâcher de coccinelles – il me les a vendues un franc l'unité.

PAUL. C'est sa cheftaine qui lui apprend le commerce ?

ARMAND. Dis donc : cent coccinelles, il m'a ramenées ! Cent coccinelles en trois jours, il faut les trouver !

PAUL. Et où il les a trouvées ?

ARMAND. Il a organisé une battue.

PAUL. Une battue ? Ouais… en tout cas, à cent francs l'insecticide, c'est une extermination de luxe.

ARMAND. C'est mieux que le DDT, crois-moi – et puis, c'est comme ça qu'il s'est acheté son couteau suisse, pour la cabane.

PAUL. Celui-là ! à côté des colonnes du bien et du mal, il doit avoir aussi celles des pertes et des profits.

ARMAND. Tu sais ce que c'est, toi qui passes ta vie à calculer des bénéfices et à les mettre en bouteilles... ah ! des senteurs rares vendues par milliers !

PAUL. Alors, je le taille pas le rosier ? Je le laisse à Sabine ?

ARMAND. Oui, les femmes enceintes elles adorent jardiner.

PAUL. Mais puisqu'on vous dit qu'elle n'est pas enceinte ! Qu'est-ce qu'elle fout, Michelle ? Je croyais qu'on allait faire les courses !

ARMAND. Alors, elle doit se préparer – elle est toujours en train de se préparer... elle n'était pas comme ça, petite : tout ce qu'elle mettait lui allait, dès qu'un vêtement était sur elle, on le trouvait bien fait...

PAUL. Je voulais passer par le tennis, si on arrive après dix heures, y a plus un court de libre.

ARMAND. Tu vas jouer avec Hervé ?

PAUL. Eh oui...

ARMAND. C'est bien, faut l'occuper.

Un léger temps.

PAUL. Mais qu'est-ce qu'elle a besoin de se préparer pour aller à la supérette de Fontenay ? C'est pas vrai ! *(Un léger temps.)* Je vais aller la chercher.

Il ne bouge pas.

ARMAND. Alors, on va déjeuner tous les cinq... dans l'ordre : entrée – viande – légumes – fromage – dessert... tous les cinq... aucune discussion possible. Michelle et Sabine vont pépier en bout de table en roulant des yeux – je n'entendrai rien ; Hervé, je ne comprends pas son humour...

PAUL *(l'interrompt).* Mais il est gentil, Hervé ! Et puis il perd toujours au tennis. Si je vais la chercher, ça va encore faire un drame...

ARMAND. C'est terrible quand on n'aime pas l'humour de quelqu'un... c'est comme une femme dont on n'aimerait pas la peau : aucune intimité possible. Hervé, il a l'humour de l'Education nationale, c'est un humour de banderoles, tu comprends : deux trois jeux de mots un jour de grève, mais en dehors de ça, il est très coincé.

PAUL. On va pas parler politique ?

ARMAND. Mais non, on ne va pas parler politique ! Je ne parle plus de rien, moi, maintenant – d'ailleurs, tout ce qu'on me demande c'est si j'ai bien dormi et si j'ai bien mangé, et si j'ai bien mangé et si j'ai bien dormi... on me parle comme à un ancien bébé... ou plutôt : un brave clebs !

PAUL. Il fait beau... On va profiter du jardin...

ARMAND. Voilà. Et j'irai faire pipi contre un arbre. Bientôt on va me retirer mon droit de vote... Michelle m'a déjà planqué mon permis de conduire, à quoi ça sert ? je lui ai dit, pourquoi est-ce que tu m'humilies, tu sais que j'ai vendu la voiture, "mais tu serais bien capable d'aller en faucher une", elle me répond ! Non, mais elle est un peu toquée ta femme, mon cher Paul ; en banlieue, c'est vrai, il y a une légère tendance à emprunter les voitures des autres, mais à mon âge ! oh, oui... ça alors, s'il y a bien quelque chose que je refilerais volontiers, c'est bien lui ! et puis moi, j'en prendrais un autre, tu vois, un âge un peu moins pessimiste.

PAUL. Je crois que Michelle m'appelle – ah oui, elle m'appelle.

Un temps.

ARMAND. Eh bien : qu'est-ce que tu attends pour lui répondre ?

PAUL. J'aime pas crier, ça fait vulgaire.

ARMAND. Ah oui, c'est vrai, il n'aime pas crier... Tu as bien fait de ne pas avoir d'enfant, alors.

Arrivée de Michelle, qui s'est effectivement changée de tenue.

MICHELLE *(à Paul).* Tu n'as pas vu mon foulard bleu ?

PAUL. Pourquoi est-ce que j'aurais vu ton foulard bleu ?

MICHELLE. Mais parce que je le portais hier soir au dîner et que je l'ai ôté dans la chambre !

PAUL. Je ne me rappelle pas t'avoir vue avec un foulard... et surtout bleu...

MICHELLE. Bien sûr... *(A Armand.)* Je te ramène ton après-rasage et le journal – tu vas aller te recoucher ?

ARMAND. Je viens de me lever.

MICHELLE. Profite qu'on ne soit pas là pour récupérer un peu.

ARMAND. Récupérer quoi ?

MICHELLE. Ce serait bien que tu te reposes avant le déjeuner.

PAUL. Il ne va plus y avoir un court de libre… si on arrive après dix heures…

MICHELLE. Tu n'es pas raisonnable.

ARMAND. Non ?

MICHELLE. Ah ça non !

ARMAND. Et qu'est-ce que ça peut faire ? que je ne sois pas raisonnable ?

MICHELLE. Papa ! si tu récupérais un peu avant le déjeuner, tu ferais une sieste moins longue cet après-midi, tu dormirais mieux cette nuit, tu serais en pleine forme demain matin.

ARMAND. C'est scientifique ça… Michelle elle a toujours eu de la méthode !

MICHELLE. En tout cas, si tu dormais la nuit tu serais de meilleure humeur le matin et tu serais moins grossier avec Françoise !

ARMAND. Je ne connais pas de Françoise.

PAUL. On y va là ?

MICHELLE. On y va.

Ils s'éloignent.

PAUL. Elle te va bien cette veste… elle est nouvelle ?

MICHELLE. N'importe quoi !

Ils sortent. Armand s'approche du rosier, lui parle.

ARMAND. Je n'ai pas envie de dormir. Je n'ai pas envie de rêver. Je n'ai pas envie d'y croire et puis de me réveiller ici, avec ces douleurs dans les os et ce goût de cuivre sur la langue… S'ils le pouvaient, ils m'allongeraient et ils me borderaient à double tour – enfin, c'est mieux que d'être abandonné dans un hospice, les hospices c'est plein de gants de toilette mal rincés ET sales ; paraît même qu'ils sont communautaires les gants de toilette, dans les hospices, comment peut-on supporter ça ? ces eaux communautaires dans les bassines et le café froid dans les bols en plastique ? Il y a beaucoup de plastique dans les hospices, quand on allait voir La Tante, souviens-toi, ça sentait depuis le couloir, ça…

mais oui ! Bien sûr ! bien sûr que c'est elle ! L'odeur de ses après-rasages, bien sûr : le plastique de couloir ! Je lui dirai – oh, pourvu que je n'oublie pas… et ils les vendent très, très cher… le plastique de couloir… Ah, ma Louise, comme ils m'aiment ! c'est terrible… et puis alors, pour une fois, tu avais raison : quand on est vieux, on peut dire n'importe quoi… ils nous écoutent par distraction, comme ça… un sourire impatient par-dessus l'épaule… le chef d'entreprise ! il a même cru à mon lâcher de coccinelles ! Ah, ma Louise ! Dans un sens, ça repose… Ça repose… Et ça fatigue.

DEUXIÈME PARTIE

Le jardin, quelques heures plus tard. Armand dort dans un transat, à l'ombre du tilleul. Sabine et Michelle sont sur la terrasse, assises derrière une longue table de fin de repas.

MICHELLE. Non ! la seule chose qui était bien dans l'enfance, c'est qu'on imaginait pas la suite, mais l'enfance ? c'était quoi ? une toute petite vie. Sombre. Pleine de règlements intérieurs… du noir partout… A l'école, il faisait tout le temps nuit – ces lumières au néon qui nous tombaient dessus et ces murs tout autour de nos marelles…

SABINE. C'était sombre, peut-être… mais dans la nuit, souviens-toi, on se disait des secrets et c'étaient des secrets magnifiques – pas comme maintenant : des douleurs secrètes… Et souviens-toi aussi, comme on était croyantes, comme ça illuminait tout.

MICHELLE. Ça ! On vivait avec la foi comme avec une lampe torche sur le front !

SABINE. Chaque soir dans mon lit, je me blottissais contre mon ange gardien… il lui arrivait d'être… presque sans-gêne.

MICHELLE. Le rêve ! Un ange sans-gêne dans son lit ! Moi, c'était l'inverse : la nuit, j'avais tellement peur qu'elle m'apparaisse, que j'insultais la Sainte Vierge, je jurais des nuits entières en me pinçant les cuisses : "Pute borgne !", "Sainte Matrice pleine de graisse !".

SABINE. Tu disais ça à la Vierge Marie ?

MICHELLE. Pas besoin de le dire, puisqu'elle lit les pensées, mais crois-moi ! il le fallait bien pour qu'elle renonce à son apparition et s'envole chez la première de la classe qui l'attendait, elle, qui l'espérait… petite bergère anémique avant l'orgasme.

SABINE. Et elle y allait ? Chez la première ?

MICHELLE. Pas toujours. Une nuit, elle s'est postée au pied de mon lit : mains jointes, yeux au ciel – enfin, l'air excédé qu'on lui connaît, mais là, ça ne comptait pas vraiment parce que j'avais quarante.

SABINE. Mais tu avais tout le temps quarante !

MICHELLE. J'aimais ça, c'est vrai. La fièvre et la masturbation sont les seuls bons souvenirs d'enfance. C'était délicieux d'avoir le corps trop chaud et d'être dispensée d'école à cause de ça – je me sentais comme un petit œuf en train de bouillir… oh ! toute seule avec mes bulles, pendant que vous récitiez des fables, assises sous les néons.

SABINE. La vie s'apprenait par cœur, sous les néons. On apprenait. On récitait. Des mots de passe, pour avoir accès au monde des grands.

MICHELLE. Aucun accès possible ! On était corsetées de morale, de christianisme. La vie était comme un médicament : amère, avec une liste effrayante d'effets secondaires, dont le plus terrible, bien sûr, était l'enfer ! Ah : l'enfer ! Maman en avait plein la bouche !

SABINE. Mais non, c'était de Dieu dont elle parlait, pas du Diable… de Dieu…

MICHELLE. En tout cas, on avait peur tout le temps. J'avais l'impression d'être tenue par un collier à clous : dès que je m'éloignais, ça me serrait la gorge.

SABINE. C'est joli ça, Michelle : écris-le !

MICHELLE. Oh ! tu ne vas pas t'y mettre, toi aussi ! Papa, qui attend depuis quarante ans que je lui invente un petit bonheur familial en cent pages.

SABINE. Qui te parle de bonheur ? Ce dont il aurait été fier, c'est peut-être, simplement, que tu sois éditée… Un livre. Avec ton nom. Il l'aurait posé, bien en évidence, sur le buffet du salon et interdit à Simone de l'ouvrir, à cause de la dédicace…

MICHELLE. Un livre-bibelot… *(Elle regarde Armand.)* Trop tard.

SABINE. Il est fiable, ce docteur ?

MICHELLE. Aussi fiable que la maladie.

Un temps. Elles le regardent dormir.

SABINE. Il paraît loin, quand il dort… Il paraît plus jeune, aussi… On l'imagine, avant… peut-être avec une femme à côté de lui.

MICHELLE. Peut-être avec une femme à côté de lui… qui se demanderait sûrement à quelle femme il rêve.

Un temps.

SABINE. Et si maintenant… on lui disait ?

MICHELLE. Non.

SABINE. Pourquoi ?

MICHELLE. Le docteur est contre.

SABINE. Pourquoi ?

MICHELLE. Mais parce que ! Parce que… si on lui annonce qu'il va mourir, ça pourrait lui être fatal.

SABINE. C'est idiot, ce que tu dis.

MICHELLE. Tu veux lui gâcher les dernières semaines qu'il lui reste ? Il faut éviter les chocs, le docteur l'a dit. Eviter les contrariétés.

SABINE. Je te dis que c'est idiot. Cacher sa mort à un condamné ! pourquoi pas cacher sa naissance à un bébé ?

MICHELLE. Un bébé ! Un bébé ! Inventes-en plutôt un, oui, il est persuadé que tu es enceinte et que c'est pour ça que tu es venue. Pour soulager ta douleur. Dans ses bras.

SABINE. Ma douleur ?

MICHELLE. Il n'a pas dormi de la nuit… une grossesse nerveuse et communautaire – comme d'habitude. Il faut un mensonge, Sabine. Un qui lui fasse plaisir, alors dis-lui que… c'est enfin un garçon… Un superbe héritier !

SABINE. Je croyais que c'était la mode, maintenant, de dire la vérité au malade ?

MICHELLE. La bonne vérité, oui. Pas la mauvaise.

Elle commence à débarrasser la table.

SABINE. Alors, je n'ai rien à lui annoncer. Ce sera le week-end de la grande muette : "bonjour-bonsoir". Non ! Seulement : "bonjour". A l'aise… comme un patron dans un ascenseur : "bonjour ! bonjour ! bonjour !" *(Un léger temps.)* "Bonsoir"… ça me prendrait plus que deux jours… ça me prendrait… Oh ! j'ai mis si longtemps avant de pouvoir dire : "Maman est morte"… moi, j'aurais voulu qu'elle devienne morte, pas qu'elle le soit… qu'elle le devienne, à mon rythme, en prenant mon temps.

MICHELLE. Puisque tu n'es pas enceinte, tu pourrais peut-être m'aider, non ?

Un temps. Sabine ne répond pas. Michelle va à la cuisine avec de la vaisselle sale. Restée seule, Sabine s'agenouille aux côtés d'Armand.

SABINE. Tu es bien gardé, tu sais. Ils ont peur. Peur. Père, tu m'entends, c'est sûr... quand tu dors comme ça, comme un enfant... Alors, écoute-moi : tu vas mourir. Maintenant, tu vas mourir. Je suis venue pour te dire ça. Te dire au revoir. C'est pour ça que je suis venue. Pour ta mort. Elle est plus proche de toi que n'importe qui. Elle est en toi. A la place du cœur. Ta mort, c'est maintenant. On se dit au revoir. Tu t'en vas où ? Secret. Le grand secret des morts... c'est leur adresse...

Michelle revient de la cuisine.

MICHELLE. Ça va ? Tu as l'air toute triste, on dirait un petit chiffon. Allez, aide-moi un peu !

SABINE. Je pensais... je me disais... c'est vrai, finalement, j'ai très peu de photos de papa avec mes filles, c'est dommage... Hervé, il dit que ça coûte cher, qu'il faut laisser photographier les autres, surtout en famille, parce qu'il y a toujours des sentimentaux pour vouloir des retirages.

MICHELLE. Ah bon, il dit ça ?

SABINE. Oui... mais c'est pour rire... c'est son humour.

MICHELLE. Bien sûr...

Un temps. Michelle continue de débarrasser.

SABINE. Il est beau son jardin, hein ? Moins il s'en occupe, plus il est beau.

MICHELLE. Ouais. C'est pas à nous que ça arriverait, ça.

SABINE. Quoi ?

MICHELLE. D'embellir quand on se néglige. Le seul moyen de me mettre en valeur, maintenant, c'est le camouflage.

Un léger temps.

SABINE. Il a pas trop chaud, là ?

MICHELLE. Non.

SABINE. Il va pas se déshydrater ?

MICHELLE. Non. Tu voudrais pas m'aider, Sabine, parce qu'ils vont revenir du tennis...

SABINE. La mort... un grand mystère entouré de si petits gestes...

MICHELLE. Dis, tu as vu l'heure ?

SABINE. Nous, assises sur le lit de maman, tu te souviens ? Tenir sa main. Humecter ses lèvres. Caresser son front… tout petits gestes – cette peur qu'elle se brise, alors qu'elle n'avait plus rien à donner.

MICHELLE. Enfin, c'est quoi là ? Un week-end ou un chemin de croix ?

SABINE *(elle se lève, débarrasse avec précipitation)*. Un week-end ! Un vrai week-end : repas champêtre et digestion ombragée !

MICHELLE. Arrête.

SABINE. Mon Dieu ! Toutes ces épluchures ! Mais qui le croirait ?

MICHELLE. Arrête-toi, Sabine.

SABINE. Il faut débarrasser. Remplir les poubelles et recommencer. Bouffer. Chier. Bouffer. Chier. Bouffer… aïe !

Elle a cassé un verre.

MICHELLE. Tu t'es fait mal ?

SABINE. Même pas…

MICHELLE. Tu veux qu'on marche un peu dans le jardin ?

SABINE. Non, ça me fout déjà le cafard.

MICHELLE. On va le réveiller. C'est de le voir dormir qui te rend triste.

SABINE. Laisse-le. Faut pas le toucher.

MICHELLE. Il a trop dormi…

Un temps. Sabine débarrasse.

SABINE. Qu'est-ce qu'ils ont descendu ! Je sais pas comment ils auront joué au tennis – Paul, il buvait pas autant, avant ?

MICHELLE. Ça s'appelle de "l'alcoolisme mondain". Chez nous, tout est mondain, même la bibine. *(A propos d'Armand.)* Ça va encore être une nuit blanche.

SABINE. S'il perd au tennis, ton homme, je comprendrai pourquoi.

MICHELLE. Ce n'est pas mon homme. *(Un temps.)* Ce qui me dégoûte le plus, peut-être… c'est quand il offre ses croissants à papa. Cette… complicité, c'est dégoûtant.

SABINE. Les croissants ? Il continue… ?

MICHELLE. Il continue… Et il se croit toujours obligé de dire qu'il a rencontré quelqu'un, ou qu'il y avait tellement de monde, à la boulangerie…

SABINE. Demain, je le double. Je les achète avant lui. Et les journaux du dimanche, aussi. Et ses cigarettes. Il joue au PMU ?

MICHELLE. Sabine ! Les fils à papa ne jouent jamais aux jeux de chance et de hasard : une fois qu'ils ont raflé l'usine, ils ont trop peur que le vent tourne.

SABINE. Demain, il n'aura aucune raison de sortir de ce jardin. *(Un léger temps.)* N'empêche… tout le monde appliquerait les dix commandements, ça serait plus simple…

MICHELLE. Ouais. Mais il paraît que Moïse n'avait pas du tout la gueule de Charlton Heston.

Elles rient. Un temps.

SABINE. A la mort de maman, j'ai senti ce qui nous reliait les uns aux autres… puis le temps a passé et cette… sensation ? cette certitude qu'il fallait vivre nos vérités s'est endormie avec la douleur – comme si elles allaient de pair.

MICHELLE. Heureusement ! Vivre avec ça ce serait trop violent, on en tomberait malade !

SABINE. Puisque tu aimes ça, toi, être malade.

MICHELLE. Oh, je n'aime plus ! La maladie, depuis que j'ai dépassé ma majorité, ça me colle un nez de boxeur et ça me creuse des yeux de vieille femme – comme La Tante, tu te souviens ? elle nous faisait tellement peur avec ses yeux enfoncés !

SABINE. Elle m'écœurait. Toujours à pleurer dans un grand mouchoir qui sentait la nicotine.

MICHELLE. Après s'être mouchée elle le fourrait en boule dans sa manche et puis elle nous tapotait la joue.

SABINE. Ses doigts étaient encore mouillés.

MICHELLE. Ça glissait sur nos joues et j'avais, au fond de la gorge, un goût de crachat.

SABINE. Ah ! Tais-toi !

MICHELLE. Quand on allait la voir, dans cet hospice, elle prenait son petit air vicieux, tu te souviens, ce petit air qui disait : “Revenez ! Revenez mes enfants et vous verrez ! le pire est toujours à découvrir !”

SABINE. Inconcevable qu’elle ait été la sœur de maman.

MICHELLE. Mais, arrivée à cet âge-là, dans ces lieux-là, on est plus la sœur de personne.

SABINE. Ah, bon ?

MICHELLE. Evidemment ! Le lien fraternel s’était dissous dans la morve, ma chère, il gisait en boule au fond d’une manche et d’un lit à barrières.

SABINE. Pourtant, maman aussi pleurait. Elle pleurait dans la voiture.

MICHELLE *(à propos d’Armand).* Il se réveille.

Elles s’approchent de lui.

ARMAND. Oh ! ce dos ! Mon Dieu ! Ce dos… ! Ah, vous êtes là !

SABINE. Tu as mal ?

ARMAND. C’est mon dos.

MICHELLE. Parce qu’il dort dans le transat ! Combien de fois je t’ai dit de faire la sieste dans ta chambre, papa ?

ARMAND *(à Sabine).* Ça part de là… sous la clavicule…

MICHELLE. Le trapèze, comme toujours ! Tu serais allongé sur ton lit !

SABINE. Tu veux que je te masse ?

ARMAND *(à Sabine).* On dirait qu’on me tord la colonne…

SABINE. Tu aurais dû mettre un coussin…

MICHELLE. Dormir dans de la toile ! A son âge !

ARMAND *(à Sabine).* Qu’on cherche à m’arracher la colonne… Mais pourquoi est-ce que j’ai mal, comme ça ?

SABINE. C’est… c’est comme a dit Michelle, papa… c’est la toile.

ARMAND. Oh, j’ai mal…

SABINE. Tu veux que je te masse ?

ARMAND *(à Sabine).* Du feu. Sur chaque vertèbre… Pourquoi ça me brûle comme ça ? Hein, pourquoi ?

SABINE. C'est… comme a dit Michelle… *(Elle se tourne, désespérée, vers Michelle.)* Michelle !

MICHELLE. Tu es têtu, tu sais ! C'est pas un repos récupérateur, ça. Avant le dîner, que tu le veuilles ou non, tu t'allonges sur ton lit, avec deux oreillers et une couverture légère.

ARMAND *(à Sabine)*. Redresse-moi.

Elles le redressent.

MICHELLE. Mais dis donc, tu es drôlement costaud ! Aide-nous un peu, l'athlète !

ARMAND. Mais vous me faites mal ! *(Un léger temps.)* Ah ! je me réveille toujours si vieux !

SABINE. Je vais te mettre un coussin dans le dos, tu veux ?

ARMAND. Oui…

SABINE. Tu n'as pas trop chaud ? Tu veux un verre d'eau ?

ARMAND. Apporte-moi plutôt un cognac.

MICHELLE. Et n'oublie pas le chocolat, sans ça… !

SABINE. Tu veux le journal, aussi ? Alors : le coussin, le cognac, le journal…

MICHELLE. Le chocolat !

SABINE. Le chocolat. Et son chapeau ! *(Elle part.)* Son chapeau. Son cognac. Son chocolat. Son journal. Journal. Chapeau. Cognac. Chocolat. Chocolat. Chocolat.

ARMAND. Je ne veux plus dormir. Plus jamais dormir… *(Un temps.)* Où sont les pièces rapportées ?

MICHELLE. Au tennis.

ARMAND. Ah oui, c'est vrai… Vous êtes brusques ! Vous me redressez trop brusquement ! Petit, je m'étais cassé la clavicule, est-ce que tu sais ça ?

MICHELLE. Tout le monde le sait, papa.

ARMAND. Ah… *(Un temps.)* Tu as vu, Sabine n'est pas enceinte.

MICHELLE. Ben ! Qu'est-ce qui te fait dire ça ?

ARMAND. Elle n'a pas posé une seule fois la main sur son ventre et elle n'a pas souri dans le vide, non plus.

MICHELLE. Je n'ai pas remarqué.

ARMAND. Evidemment, toi tu n'y connais rien. Alors ? qu'est-ce qu'ils sont venus m'annoncer ? C'est quoi la catastrophe, à part Hervé lui-même ?

MICHELLE. Mais pourquoi tiens-tu absolument à ce qu'il y ait une catastrophe ?

ARMAND. Décidément, ce type ne me revient pas… rien qu'à le regarder on devient pessimiste – ne me mettez plus en face de lui à table !

MICHELLE. Mais tu as des réveils de plus en plus insupportables, papa ! Calme-toi un peu !

ARMAND. Impossible que ma Sabine soit heureuse avec lui, tiens ! il devrait prendre exemple sur les colibris : quitter sa partenaire avant même qu'elle ait pondu.

MICHELLE. Papa, s'il te plaît, calme-toi.

ARMAND. Ma Sabine ! Elle voulait être guide-interprète dans les musées parisiens ! Elle aurait dit : "Cézanne" et "Delacroix" avec un parfait accent anglais et maintenant elle vit dans une HLM de Marseille et je n'ose imaginer le nombre de fois où elle doit supplier ses enfants de faire moins de bruit.

MICHELLE *(inquiète)*. Tais-toi, maintenant…

ARMAND. Non, je ne me tais pas ! Non, je ne me tais pas ! Je te dis que Sabine est malheureuse !

MICHELLE. D'accord, papa, d'accord…

ARMAND. Elle est d'une tristesse ! Je ne serais pas son père, je la croirais abandonnée.

MICHELLE. Elle a toujours eu ce visage à la Vermeer… ce petit sourire prêt à s'effondrer…

ARMAND. Ça fait dix ans que je me demande de quel côté elle va s'effondrer ; dix ans que j'ai les bras ouverts dès que je la croise. Est-ce qu'elle t'a dit qu'elle ne le supportait plus ?

MICHELLE. Mais, on a parlé de tout et de rien…

ARMAND. Ne m'escroque pas ! Est-ce qu'elle t'a dit, oui ou non, qu'elle ne le supportait plus ?

MICHELLE. Dans un sens, oui, elle me l'a dit – tais-toi, la voilà.

SABINE. J'ai eu du mal à trouver le cognac ! Alors : le chapeau, le chocolat, le journal – après le rosier, je m'occuperai des placards, ils sont collants ! On croirait ouvrir une ruche ! Le coussin...

ARMAND *(l'interrompt).* La femme de ménage, elle les fera, les placards.

SABINE. Simone ? Elle fera les placards ?

MICHELLE. Mais quelle idée aussi d'employer une femme de ménage paraplégique !

ARMAND. Faut bien qu'elle nourrisse son fils, non ? Un gros bonhomme de quatorze ans, ça mange – sans compter que le scoutisme, ça les développe drôlement.

MICHELLE. Paul m'a dit que c'était sûr qu'elle avait une pension d'invalidité, tu te fais vraiment avoir, papa : la maison est de plus en plus sale.

ARMAND. Je ne me fais pas avoir. Je me fais plaisir : Simone passe ses matinées à m'appeler à l'aide, ah ! c'est pas comme cette Fanchon ! *(A Sabine.)* Tu ne la connais pas, toi, la mère Frotte-Frotte ? Celle-là ! elle ferait mieux d'aller lessiver des camions, crois-moi ! Quand j'ai fini de secourir Simone, on part dans des discussions interminables elle et moi, et parfois même, on se dispute ! Ah ça, Simone, j'en suis très content ! *(A Michelle.)* D'ailleurs maintenant, je la fais venir tous les matins, je t'ai dit ?

MICHELLE. Oui, tu m'as dit. Mais de toute façon, ça se voit, il y a des images pieuses jusque sur la porte du frigidaire.

ARMAND. Oui, bon, elle a des manies... Va donc chercher les chaises longues, qu'on s'installe tranquillement, qu'on papote un peu avant l'arrivée des gigolos.

MICHELLE *(s'en va).* Je vais lui huiler ses petites roues, moi, à la bigote, elle va prendre de la vitesse, une ascension fulgurante !

SABINE *(met un coussin dans le dos d'Armand).* Tu seras mieux comme ça.

ARMAND. Michelle, elle n'y pense pas au coussin. *(Un léger temps.)* Pourquoi tu n'y vas pas, toi, au tennis ?

SABINE. Je sais pas… Paul, il réserve toujours pour Hervé.

ARMAND. Il joue comme un égaré, Hervé, chaque fois il a l'air surpris qu'il y ait une balle.

SABINE. C'est pour ça que Paul joue avec lui, les PDG ils aiment pas perdre.

ARMAND. Eh oui, bien sûr… *(Un léger temps.)* Ce n'est pas grave, tu sais.

SABINE. Quoi ?

ARMAND. Que Framboise ait honte de toi, comme tu disais tout à l'heure.

SABINE. C'est pas Framboise, c'est Myrtille.

ARMAND. Oui, oui : Myrtille… Toi aussi, arrivée à un certain âge, tu ne supportais plus que ta mère chante dans la rue, ni qu'elle parle trop fort dans les magasins – quand tu souris, ta fossette revient, petite tu appelais ça ta "joue cassée" ; elle a toujours eu cette manie de chanter, c'était si agaçant ! Sais-tu quand elle a enfin tenu sa place, dans cette maison ?

SABINE. Toujours.

ARMAND. Non ! Bien sûr que non ! Elle n'a tenu sa place que morte. Et ce sera pareil pour moi. Pareil pour tous… Les vivants ne se comprennent pas, ils se craignent, ils se méprisent, mais les morts, eux, sont nos familiers, les seuls confidents possibles… Le rosier, tu le tailleras bien ras.

SABINE. Oui, papa.

ARMAND. Paul voulait le faire ! je te demande un peu !

SABINE. Un jour, il faudra bien leur dire.

ARMAND. Un jour ou l'autre… Et toi ? Pourquoi es-tu revenue si vite me voir ? Hein ? Pourquoi es-tu ici aujourd'hui ?

SABINE. J'avais envie.

ARMAND. Tu avais envie de quoi ?

SABINE. Mais, de te voir ! Ne complique pas les choses !

ARMAND. Je te devine mieux quand tu es sans tes filles… quand Myrtille n'est pas dans tes bras…

SABINE *(l'interrompt).* Cerise, papa, la petite c'est Cerise.

ARMAND. Enfin, quand elles ne sont pas là à t'accaparer, tu es plus démunie et alors, moi, tu comprends, moi je vois tout ce que tu veux cacher.

SABINE. Par exemple ?

ARMAND. Mais, ma petite fille, Michelle m'a tout avoué…

Un léger temps.

SABINE. Mais quand ça ?

ARMAND. A l'instant – enfin, pendant que tu décollais le cognac.

SABINE. Elle t'a appris…

ARMAND. Oui.

SABINE. Ouh !

ARMAND. Je préfère la franchise, tu sais.

SABINE. Oui ? Tu le prends… je veux dire… tu t'y attendais ?

ARMAND. Je ne m'y attendais pas, je le savais. Je n'ai eu qu'à m'emporter un peu pour qu'elle convienne de la chose.

SABINE. Oh, papa…

Elle lui prend les mains.

ARMAND. Tu as les mains chaudes…

SABINE. On se connaît si peu. Si mal…

ARMAND. Veux-tu un verre de cognac ?

SABINE. J'aurais tellement de questions… et maintenant… oh, je ne sais même plus ce qui est important, maintenant.

ARMAND. Sabine, ce qui arrive est simplement humain…

SABINE. Je devrais te rassurer, te dire que c'est ça, oui, c'est simplement humain, tout à fait dans l'ordre des choses… mais cet ordre-là, il désorganise tout.

ARMAND. Tomber amoureuse quand on est mariée et mère de trois enfants, c'est perturbant, je te l'accorde.

SABINE. Pourquoi tu dis ça ?

ARMAND. Tu ne sais plus si ta vie est à l'envers, ou enfin à l'endroit ? C'est bien ça ?

SABINE. Mais qu'est-ce que tu racontes ?

ARMAND. Oh, n'essaye pas de me culpabiliser. Je suis ton père et j'ai tous les droits, toutes les dérogations en main... ça ne me blesse pas que tu aimes un autre homme que ce... cet Hervé, ça ne me blesse pas...

SABINE. Ça vient d'où, ça ? C'est Michelle qui t'a dit... ?

ARMAND. A demi-mot. Oh ! mais tu sais, ça se voit comme le nez au milieu de la figure ! Tu as l'air nostalgique même quand tu mâches ton steak – je t'ai eue à l'œil tout le repas. Ah ! ton petit air de guetter je ne sais quoi !

SABINE. Papa ? tu penses sincèrement que j'aurais fait huit cents kilomètres avec Hervé, pour venir t'annoncer ça, à toi, maintenant ?

ARMAND. Ce qui me plaît, c'est que ta pudeur t'empêche de m'en parler, mais que dans ton désarroi ce soit vers moi que tu aies accouru, que tu aies migré ici comme une hirondelle vers son Afrique, oui, oui, que ta boussole intérieure ce soit ici, chez moi, qu'elle t'ait conduite... oh ! ma Sabine ! j'ai eu tellement peur que tu sois enceinte, je me disais : elle va encore veiller la nuit, et pendant des années ! Moi, tu sais, je ne dors plus la nuit, tout est détraqué chez moi ; on n'apprend rien quand on vieillit, ne crois pas, on désapprend tout et le matin ! cette Fanchon, moi je lui demande un bain chaud, elle me répond, tu sais quoi ? elle me répond : "Je n'ai pas le temps vous êtes marrant." La pouffiasse ! "Vous êtes marrant !" Et Michelle la paye avec mon propre chéquier, oui, oui, c'est comme ça que ça se passe.

SABINE. C'est dégueulasse.

ARMAND. Je rêve d'un grand bain chaud le matin, comme Napoléon à Sainte-Hélène, je demande un bain impérial, c'est quand même pas grand-chose.

SABINE. Mais, tellement dégueulasse... !

Michelle revient, portant deux vieux transats.

MICHELLE. Vous deviez vous demander ce que je faisais ? J'ai consolidé, regardez-moi ça, hein ? On pourrait s'y mettre à plusieurs.

SABINE. Je préfère rester dans l'herbe. J'aime bien être assise dans l'herbe.

MICHELLE. T'as pas confiance ? Je bricole bien, demande à papa, les mangeoires c'est moi qui les ai faites. Assieds-toi, ma Sabine.

ARMAND. Puisqu'elle préfère être dans l'herbe...

SABINE. Les clous dépassent, je les vois d'ici.

MICHELLE. Une fois qu'on les a repérés, y a plus de danger !

ARMAND. De toute façon, je veux du neuf ! Guillaume a raison : toutes les vieilleries, il va les récupérer pour sa cabane, et toi, Michelle, tu iras m'acheter du neuf.

Un léger temps.

SABINE. C'est pas le moment de faire des frais, papa... c'est déjà la fin de l'été...

MICHELLE. Sabine a raison... ça va bientôt être la saison des pluies...

ARMAND. La saison des pluies à Fontenay ? Ça tombe bien parce que, justement, je voulais aussi un auvent.

MICHELLE. Oh, d'accord ! d'accord ! Meuble la cabane du scout et puis moi, j'achèterai des chaises longues, des auvents, des prie-Dieu même si tu veux, ça m'est égal !

ARMAND. On croirait entendre sa mère : "Ça m'est égal", la petite phrase qui signifie : la guerre est déclarée.

MICHELLE *(s'assied et plonge dans la lecture de son manuscrit).* Ne commence pas ton cirque, tu veux.

SABINE. Dépêche-toi de manger le chocolat, papa, il fond.

ARMAND *(à Michelle).* Et toi, ne fais pas celle qui travaille. Qui travaille pour qui ? Les proxénètes de la rive gauche !

SABINE *(à Armand, tout en mangeant le chocolat).* L'article sur l'Algérie, tu l'as lu ?

ARMAND. Comment veux-tu que je sache ? Des articles sur l'Algérie, il y en a tous les jours.

SABINE *(se lèche les doigts et lit).* "Une cinquantaine de civils massacrés dans la région de Médéa", tu l'as lu ?

ARMAND *(à Michelle).* Employée dans une maison d'édition ? Dans une maison de passe, oui ! Passe-droits, cochonneries et hommes politiques !

SABINE. Papa, tu m'écoutes ?

ARMAND. Oui, je t'écoute : "dans la région de Médéa".

SABINE. Alors, est-ce que tu l'as lu ?

ARMAND. Oui. Non. Je m'en souviens plus. Sais-tu à quoi ta sœur passe ses journées ? Au lieu d'écrire son propre livre, ta sœur trafique les brouillons de madame Bontemps !

SABINE. La femme du ministre ?

ARMAND. Elle-même. Madame Bontemps qui lâche quelques confidences nauséeuses sur ses amours périmées.

MICHELLE. Mais qu'est-ce que tu racontes ? C'est un livre de souvenirs sur les recettes de cuisine de sa grand-mère diabétique !

ARMAND. "Les amoureux transis" ou je ne sais quoi ! *(A propos de Michelle.)* Elle avoue qu'il est bon à foutre sous une armoire et pourtant elle continue à l'étudier ; elle se gâche ! Méfie-toi, Michelle, méfie-toi : on croit passer le temps et on passe la main…

SABINE. Vous allez l'éditer ?

ARMAND. Oui, ils vont l'éditer ! Des souvenirs de recettes ! Moi j'appelle pas ça un livre, j'appelle ça un grog.

MICHELLE. Oublie-moi cinq minutes, papa, tu seras gentil.

ARMAND. Je ne serai pas gentil, j'aime pas la gentillesse.

MICHELLE. Mais c'est pas croyable !

ARMAND. Mais c'est quoi, la gentillesse ? Ça n'a ni motivation ni ambition, la gentillesse, c'est un avocat commis d'office, un fonctionnaire déprimé, rien de plus. *(Il découvre le paquet de chocolat, vide. A Sabine.)* Où est le chocolat ? Tu as mangé tout le chocolat ?

SABINE *(bas).* Tu vas avoir une surprise.

ARMAND. Il en reste ?

SABINE *(bas).* Michelle travaille depuis plusieurs mois déjà, à son premier roman… une autobiographie… une autobiographie en cent pages… en cent pages sur les verts paradis de l'enfance.

Un léger temps.

ARMAND. Pourquoi ? Pourquoi ne m'en a-t-elle rien dit ? Je n'attends que ça !

SABINE *(bas)*. N'aie l'air de rien. *(Elle lit plus fort.)* "Un nouveau massacre de civils a été commis dans la région de Médéa."

ARMAND. C'est le plus beau jour de ma vie !

SABINE. "Cette tuerie aurait fait une cinquantaine de victimes dont plusieurs bébés, rapportent les journaux."

Armand envoie des baisers à Michelle.

MICHELLE *(à Armand)*. Qu'est-ce qui te prend ? Ça va pas ?

ARMAND. Tu me le dédieras, hein ? Je suis quand même ton plus grand soutien !

SABINE. Papa... !

ARMAND. "Pour Armand Labarte" – tu peux changer mon nom de famille, ça ne me gêne pas, l'important c'est qu'on comprenne bien le lien de parenté, "Pour Armand Labarte – ça ne sonne pas si mal – à qui je dois...".

MICHELLE. Qu'est-ce que tu as fait, Sabine ?

SABINE *(lit)*. "Le Premier ministre algérien..."

ARMAND. Non : "qui a permis... qui a permis que ce livre voie le jour... voie enfin le jour..."

SABINE *(à Armand)*. Tu m'écoutes ?

MICHELLE *(à Sabine)*. T'as pas fait ça ?

SABINE *(crie)*. "Le Premier ministre algérien a réaffirmé dimanche que l'Algérie faisait face à des résidus du terrorisme !!!"

ARMAND. Pourquoi tu hurles comme ça ? Tu vends le journal à la criée ?

SABINE. Mais papa, tu m'interromps tout le temps...

MICHELLE *(regardant Sabine)*. C'est à ne pas croire, hein ! La vérité... !

ARMAND *(à Sabine)*. Pardonne-moi, c'est trop de bonheur... trop de bonheur... Continue maintenant, je me tais.

SABINE. Où j'en étais ? Ah oui : les résidus du terrorisme, alors... Voilà ! "... faisait face à des résidus du terrorisme et que la tension irait en diminuant. Les informations varient beaucoup d'un titre à l'autre. *Le Matin* situe la tuerie à Ouled Tham..."

ARMAND *(bas à Michelle qui les regarde).* T'occupe pas de nous...

SABINE. "Un hameau voisin de Geb el-Kébir. On parle de quarante-cinq à cinquante-trois victimes dont huit bébés. En guise de signature, ajoute le quotidien, les «terroristes», au nombre d'une centaine, auraient accroché l'un des bébés – oh, mon Dieu ! – l'un des bébés sur une porte, à l'aide de broches."

MICHELLE. Dis donc, tu ne pourrais pas lui lire autre chose ?

ARMAND. Mais ne t'occupe pas de nous, Michelle, finis au plus vite ce roman gastrique et va travailler ! Continue, Sabine.

SABINE. "Huit membres de la protection civile auraient été blessés par des engins placés dans des corps éventrés, précise le... – j'ai entendu une voiture – ... précise le journal"...

MICHELLE. C'est eux.

ARMAND. On ne peut jamais être tranquilles ! Planque le cognac.

SABINE. Papa !

On entend la grille du jardin ; arrivent Paul et Hervé, en tenue de tennismen.

PAUL. Le père et ses filles à l'ombre du tilleul : quel tableau !

MICHELLE *(se lève).* Je vais me changer, j'ai fait du bricolage. *(Elle passe devant Sabine.)* Le week-end de la grande muette ! Je la retiens !

Elle s'en va.

HERVÉ *(à Sabine).* Le filet de ma raquette était pas assez tendu : regarde-moi ça !

PAUL. Pas la peine d'annoncer les scores – tu étais pas à ton top, c'est tout.

HERVÉ. J'avais huit cents kilomètres dans les pattes et une raquette mal liftée... !

Petit rire de Sabine.

ARMAND. Pourquoi ris-tu ?

PAUL. A charge de revanche ! Vous avez bien dormi, Armand ?

SABINE. Il a bien dormi...

PAUL. Etrangement, ça m'a motivé de jouer à l'heure la plus chaude.

HERVÉ *(à Sabine).* J'ai joué sans chapeau : touche mon front – t'as vu ça ? T'irais pas me chercher une petite bière ?

ARMAND. Sabine me lisait le journal, il y a eu un nouveau massacre en Algérie.

HERVÉ. Une petite bière ? Hum ?

PAUL. C'est terrible, ce pays, c'est terrible.

HERVÉ. C'est plus l'Algérie, c'est l'AlgéCRIE ! Juste une... ma Sabine... hum ?

Sabine se lève.

SABINE. Paul ?

PAUL. Ah, oui ! Une bière quand on a gagné en trois sets – ah, merde ! je l'ai dit !

HERVÉ. C'est pas grave... c'est pas grave...

SABINE. Tu n'as besoin de rien, papa ?

Armand hausse les épaules avec tristesse ; Sabine s'en va.

PAUL *(à Hervé).* Tu n'as jamais été très à l'aise sur la terre battue...

HERVÉ. Ils sont dangereux, ces transats ! Je passe à dix mètres, ils me bouffent la chaussette – mais qu'est-ce que c'est ces transats ?

PAUL. Hou là ! Y a des clous partout ! Partout !

HERVÉ. Heureusement que les gamines ne sont pas là ! Et le vôtre, Armand ? Ça va ? *(Petit geste désabusé d'Armand.)* Une vraie crucifixion ces chaises longues !

PAUL. Tu ne crois pas si bien dire : ça, c'est le boulot d'un scout mal initié !

HERVÉ. On ne se méfie pas, on passe tranquillement et... !

PAUL. Mais il touche à tout, ce môme !

ARMAND. Il en faut des neufs.

Un léger temps.

PAUL. Qu'est-ce que vous dites, Armand ?

ARMAND. Je veux des transats neufs ; un auvent pour la saison des pluies et des prie-Dieu, pour Michelle. Vous irez cet après-midi.

PAUL. C'est pas le moment de faire des frais… c'est déjà la fin de l'été…

HERVÉ. Pourquoi est-ce que ta femme veut des prie-Dieu ?

PAUL. Elle a dû voir ça dans un magazine d'architecture intérieure…

ARMAND *(l'interrompt)*. C'est Michelle qui a mon chéquier – elle est au courant. Je veux du neuf. Partout. Dans le jardin et dans la maison. Partout.

PAUL. Mais elle a des lubies, maintenant ! Pas question de faire des frais ! Je vais vous les fignoler, moi, ces instruments de torture : trois coups de marteau, deux coups de pinceau…

HERVÉ. Un peu de vernis par-dessus…

PAUL. Exactement : un peu de vernis par-dessus – non mais elle, alors !

HERVÉ *(bas, à Paul)*. Bientôt, on va en être de notre poche… *(Plus fort.)* Tiens ! Le vent se lève !

PAUL. C'était pas normal cette chaleur un 20 septembre… Eh ! dans trois jours, c'est l'automne : les transats, le salon de jardin, hop ! Tout ça à la remise jusqu'à l'année prochaine, c'est pas vrai Armand ?

HERVÉ. Ce vent… c'est un coup à attraper un chaud et froid, le torticolis assuré – je vais boire ma bière à l'intérieur. *(A Armand.)* Je vous rentre ?

ARMAND. J'attends mes filles.

PAUL. Armand ! Vous n'allez pas rester sur ce transat piégé tout l'après-midi, soyez raisonnable, venez avec nous !

HERVÉ *(à Armand)*. Une petite bière entre hommes ? Je suis sûr qu'il en reste des sans alcool… *(Un léger temps.)* Bon, moi j'y vais.

PAUL *(à Armand)*. Vous ne vous rendormez pas, hein ? *(Paul et Hervé s'éloignent.)* Ça m'ennuie de le laisser seul, il va se rendormir – dès qu'on le laisse seul, il s'endort.

HERVÉ. Qu'est-ce que vous faites sur les prie-Dieu ?

PAUL. On va encore avoir droit à une insomnie.

HERVÉ. Parce qu'elle est plutôt anticléricale, Michelle ?

PAUL. Ça nous promet un dimanche matin… !

Ils rentrent dans la maison.

ARMAND *(seul).* A quoi ça sert ? Tous ces gens ? Leurs torticolis et leurs bières… à quoi ça sert ? *(Un léger temps.)* Oui, c'est la fin, la fin de l'été… mais ils n'ont rien entendu. Ce sont des gens qui n'entendent pas. Le rouge-gorge a chanté : c'est la fin de l'été. Ils n'entendent rien tous ces gens qui passent dans nos vies… On en croise des humains… Comme j'en ai croisés, des humains… Des centaines. Des milliers. Une foule d'humains sur mon passage et bientôt… j'oublierai. Jusqu'à leur apparence. J'oublierai. Ne restera même pas une odeur, le souvenir d'un visage. J'oublierai. Les beaux et les laids. Les courbés et les fiers. Ceux qui me marchaient sur les pieds sans demander pardon et ceux… et celles… sur lesquelles je me suis retourné, plein de confusion… Le trouble… Que c'est beau. Je ne serai plus jamais troublé par quelqu'un. Je ne sursauterai plus jamais.

Il rit doucement, d'un petit rire léger et lointain.
Sabine arrive en courant.

SABINE. Mais tu es resté tout seul ! *(Arrivée à sa hauteur.)* Tu frissonnes ? Tu as froid ?

ARMAND. J'ai mal dans le dos – ça n'a rien changé, le coussin.

SABINE. Il est trop petit.

ARMAND. Il paraît qu'il existe des oreillers de baignoire, c'est Guillaume qui m'a dit ça. Je voudrais qu'ils s'en aillent, Hervé et Paul…

SABINE. Hervé, il était si content de venir… il te prépare une surprise – à l'harmonica, oui, il a répété toute la semaine… alors, tu vois… Tu veux ton plaid, on dirait que tu as froid ?

ARMAND. Toi, c'est incroyable ce que tu as les mains chaudes. Où est Michelle ?

SABINE. Elle a dû se planquer pour écrire – allez viens, on va faire le tour du propriétaire, ça te réchauffera.

ARMAND. Tu as raison, je me sens tout ankylosé… *(Sabine essaye de le relever.)* Que c'est compliqué, merde alors !

SABINE. C'est pas facile…

Il est enfin debout.

ARMAND. Et voilà le travail ! *(Ils s'éloignent.)* On était bien tous les trois… avec les deux autres, qu'est-ce que tu veux… ! Ne marche pas trop vite…

On les entend sans les voir.

SABINE. Qu'est-ce que c'est que ça ?

ARMAND. Ah, mais ça, c'est la cabane de Guillaume – pas si vite… pas si vite…

SABINE *(riant).* Mais dis donc, c'est un vrai bunker !

ARMAND. Il a appris aux scouts – il est scout.

Le jardin reste vide un moment. Le vent souffle plus fort. On entend le chant calme et mélancolique du rouge-gorge qui annonce la fin de l'été. Michelle et Hervé arrivent, tous les deux habillés plus chaudement.

MICHELLE. Non, ils ne sont pas là. Sabine a dû l'emmener marcher un peu.

HERVÉ. J'ai appelé les filles, tout va bien… elles font les quatre cents coups je crois, mais tout va bien… On supporte une petite laine, hein ?

MICHELLE. Oui, il fait froid tout d'un coup… Oh, je suis fatiguée… Je ne fais rien et je me sens… mais si fatiguée !

HERVÉ. Ne t'allonge pas sur un transat, ils ont servi chez les scouts.

MICHELLE. Je n'ai plus de force…

HERVÉ. Le plus tonique, c'est ton père, avec son fichu caractère.

MICHELLE. Par moments, il a des colères… ! Tu as remarqué ?

HERVÉ. Il a toujours eu ce fichu caractère et finalement, ça le maintient.

MICHELLE. Le docteur prévoit des souffrances atroces…

HERVÉ. Ces gens-là prévoient rarement des orgasmes à répétition – excuse-moi…

MICHELLE. C'est rien, c'est sans doute nerveux… comme les fous rires aux enterrements, non ?

HERVÉ. Sûrement… ça doit être ça…

Un léger temps.

MICHELLE. La mort, ce n'est rien, mais avant la mort… il faut mourir.

HERVÉ. Hé oui !

MICHELLE. Et ça : "mourir"… quelle saloperie ! *(Hervé joue à l'harmonica la chanson de Dranem : "Le trou de mon quai".)* Maman disait : "Je voudrais mourir comme une feuille. Tournoyer lentement dans la lumière et mourir." *(Un léger temps.)* Cette allergie qu'elle avait – d'où elle venait cette allergie, finalement… on n'a jamais su. Elle avait tant gratté son corps, tant griffé sa peau, elle était comme écorchée vive. Les bains chauds la calmaient pour quelque temps mais quand on la sortait du bain, l'eau dans la baignoire était si rouge… Personne ne voulait plus la baigner parce que l'eau dans la baignoire était si rouge… *(Un léger temps.)* Elle offrait tout à Dieu, ah ! j'espère qu'il en a eu une bonne giclée, ce salaud !

HERVÉ *(chante).*

"Y a un trou dans ma rue
Y a un trou dans mon quai
Vous pouvez donc contempler
Le quai de ma rue
Et le trou de mon quai !"

Pas mal, hein ? J'ai répété toute la semaine. *(Un léger temps.)* A la fin de mon premier repas… officiel, dans cette maison, ton père s'est levé et c'est ce qu'il a chanté. J'ai longtemps cru que c'était bon signe, signe que j'allais tout à fait coller dans le décor ; plus tard, j'ai appris que cette chanson mettait Louise au supplice et que ton père la chantait comme on raye un carreau : simplement pour qu'elle grince des dents. Cet air-là était aussi insupportable à ta mère que je le suis à Armand. J'envisage un petit duo avec lui, ce soir…

MICHELLE. Mais Hervé… enfin, est-ce que tu te rends compte que ce que tu veux faire est totalement déplacé ?

HERVÉ. Parfait. Je suis moi-même quelqu'un de totalement déplacé dans cette famille. Le sportif décalcifié, le fonctionnaire mal payé, le mari qui a une tête du dimanche soir : c'est moi ! C'est moi !

Il joue de l'harmonica.

MICHELLE. Occupe-toi de Sabine. S'il te plaît, fais-le. Elle est perdue, fragile…

Hervé s'arrête de jouer.

HERVÉ. Pourquoi "fragile" ?

MICHELLE. Pourquoi ? Tu veux savoir pourquoi ? Son père est en train de mourir… !

HERVÉ. Moi je pensais que pour arriver à me supporter, il fallait qu'elle soit forte – me supporter, moi, et notre vie : les voitures en feu au pied des HLM, la marmaille braillant dans ses jupes rapiécées…

MICHELLE. Son père va mourir ! Bientôt… elle n'aura plus rien à espérer de ses parents. *(Un léger temps.)* On n'aura plus rien à attendre d'eux : des anciens vivants sur des photos, c'est tout ce qui nous restera. Aide-la.

HERVÉ. Heureusement que tu es là pour m'expliquer… Elle est fragile et son père va mourir… ah, d'accord ! Je suis pas seulement venu pour perdre au tennis, alors ?

MICHELLE. Oh, écoute, ça suffit ! Ça suffit ! Cet humour d'adolescent ingrat ! Pauvre… ! Pauvre… !

HERVÉ. Ne cherche pas d'insulte : "pauvre" se suffit à lui-même.

MICHELLE. "Pauvre con", pourtant, t'irait à merveille !

HERVÉ. Pour une fois que je ne me fais pas insulter devant mes filles, c'est presque agréable… Juste toi et moi, et cette douce atmosphère de deuil et d'indulgence… *(Soudain, Michelle est prise d'un fou rire.)* Ça se détend… Ça se détend…

MICHELLE *(dans son fou rire).* Et il a répété une semaine ! Ah ! "Le trou de mon quai !" Une semaine ! Oh, Seigneur ! La tête des voisins ! Oh ! Excuse-moi, c'est si pathétique ! Tu es si mignon ! si drôle !

HERVÉ. Je suis pas venu pour rien : Michelle se fend enfin la gueule, ça fait plaisir.

MICHELLE *(son rire se calme un peu).* Hou ! Tu le joueras pas devant moi, dis ? L'air terrible de la vendetta ? Non, parce que… je voudrais pas que ça foire à cause de moi ! Je m'en voudrais !

Un léger temps.

HERVÉ. Je vais rentrer. J'ai froid.

MICHELLE. Mais je t'en prie…

Un léger temps.

HERVÉ. Il ne t'est jamais venu à l'idée… tu n'as jamais pensé que Sabine pouvait m'aimer ? "Fragile", oui, elle l'est, pour ceux qui la regardent comme toi, sans y penser vraiment, parce qu'ils croient tellement la connaître, parce que ça fait si longtemps – c'est pour ça que, dans les familles, les gens s'aiment et se détestent sans même se souvenir pourquoi. Vas-y, Michelle ! Rabâche ton enfance avec elle, passes-y des heures, tout le temps que tu voudras, ça ne sera jamais que du passé, et toi, dans la vie de ma femme, tu resteras toujours une vieille, très, très vieille petite fille, et crois-moi : c'est moche !

Il rentre dans la maison.

MICHELLE *(seule).* Finalement le plus terrible avant la mort, ce n'est peut-être pas de mourir, mais de se réunir pour ça... On n'a pas fini d'en entendre, des conneries ; mort, on a droit à un véritable festival. Ce n'est pas l'anus qu'on devrait leur boucher, aux cadavres, mais les oreilles, à moins que... à moins que tant d'obscénités pendant les veillées mortuaires, ce soit fait exprès – pour aider les pauvres morts à s'en aller sans regret : on leur montre de quoi on est capable, des fois que nos larmes ils les aient prises pour eux, non, non, pendant qu'on reniflait, on se demandait simplement comment on s'habillerait pour l'enterrement et est-ce que le cercueil passerait dans le couloir... Si le défunt chéri avait des boules Quiès et qu'il ressuscite en nous tendant les bras, on s'écrirait : "Décidément, on n'a jamais pu compter sur toi !" Voilà... ça commencerait comme ça : "Décidément, on n'a jamais pu compter sur toi !" Un roman qui commencerait à la disparition de maman et se finirait avant celle de papa... pas question de parler de la mort de papa, de récupérer cette douleur-là – un peu de pudeur. Un peu de pudeur ? Ah... Ah, bon... ? "A mon père à qui je dois..." – comment est-ce qu'il a dit ça ? "A qui je dois..." Qu'est-ce qu'il a dit ? Qu'est-ce que je lui dois ?

Armand et Sabine arrivent, bras dessus, bras dessous, Sabine a avec elle des gants et un sécateur.

ARMAND *(à Sabine).* Et la chouette, qui fait si peur aux oiseaux, la nuit, peut se faire torturer par eux, le jour ! Imagine : son regard de prédateur, soudain : égaré ! Oui, oui, on peut avoir la vie gâchée par des seconds couteaux – prends cette Fanchon, par exemple... *(Il aperçoit Michelle.)* Ah ! Michelle ! Mais, tu aurais dû nous rejoindre, on s'est payé un petit tour de jardin, comme deux châtelains en goguette !

MICHELLE. Vous avez bien fait, je trouve qu'il commence à faire frais, avec ce vent.

SABINE. On a vérifié les nichoirs, et même fait un peu d'ordre dans la remise.

ARMAND. Ça avancera toujours un peu Simone.

MICHELLE. Alors ! Si Simone avance, nous sommes sauvés !

ARMAND. Toi aussi, tu devrais aller faire un petit tour, c'est comme ça qu'ils travaillent, les grands auteurs : ils marchent, non ?

MICHELLE. Je sais pas.

ARMAND. Tu as ton carnet sur toi ?

SABINE. Mais elle l'a toujours, maintenant !

ARMAND. Alors va travailler, va marcher, va.

MICHELLE. Je n'ai pas envie – et puis je ne suis pas habillée pour.

ARMAND. Tu veux encore te changer ? Mais tu mues dix fois par jour ! Ecoute, Michelle, les grands écrivains ne se changent jamais, sauf par distraction.

MICHELLE. Mais qu'est-ce que tu connais aux grands écrivains, toi ?

ARMAND. Rien. C'est vrai. Je ne fréquente que des lessiveuses acariâtres et des toubibs de banlieue.

MICHELLE. Quand je pense qu'il y en a qui se sont fait soigner par Tchekhov ! Ils lui demandaient de venir et il venait ! Ils remontaient leur chemise et Tchekhov collait son oreille contre leur poitrine ! "Oh ! docteur Tchekhov ! Ecoutez-moi respirer !" *(Elle respire.)* "Plus fort ?" *(Elle respire plus fort.)* Pas étonnant que Freud ait découvert la psychosomatique ! *(A Armand.)* Tu as toujours envie d'un bain chaud ? Tu voudrais que je te baigne ?

ARMAND. Maintenant ?

MICHELLE. Oui, maintenant.

ARMAND. Mais, il est quelle heure ?

SABINE. Il va être cinq heures.

ARMAND. Mais après… tu ne me coucheras pas ? Même pour une sieste ?

MICHELLE. Bien sûr que non.

ARMAND. Tu ne me mettras pas en pyjama ?

MICHELLE. Tu rêves ! Je vais t'habiller comme un seigneur et on dînera au salon. *(Se tournant vers Sabine.)* Et en musique, à ce qu'il paraît ! *(A Armand.)* Alors ?

ARMAND. Un bain… tu veux dire… un bain impérial ?

MICHELLE. Plus qu'impérial : divin ! *(A Sabine.)* Je peux te l'enlever ?

SABINE. Je vais tailler le rosier.

ARMAND. Bien ras, surtout. *(Il donne le bras à Michelle, ils se dirigent vers la maison.)* Ça se voit que tu écris, on commence déjà à ne plus comprendre ce que tu dis, et tu es plus émotive, aussi.

MICHELLE. J'ai toujours été émotive, qu'est-ce que tu racontes !?

ARMAND. Ne marche pas si vite... Tu vas malmener un peu le lecteur, dis ? Tu dois écrire... comme... tiens : comme on arrache une dent !

MICHELLE. Mais, tu es bien passionné !

ARMAND. Avec toi je me laisse aller, parce qu'avec ta sœur, qu'est-ce que tu veux, ta sœur... elle plane !

MICHELLE. Tu trouves ?

ARMAND. Complètement amoureuse !

MICHELLE. Sabine ?

Ils entrent dans le salon.
Sabine met les gants, taille le rosier.

SABINE. Aimer un autre homme... peut-être que j'aimerais ça... Oh, mais si je commençais, sans doute je pourrais plus m'arrêter, et peut-être que je les aimerais tous ! *(Un temps.)* Moi, j'aime les hommes qui payent pas de mine – j'aime pas ceux des magazines, on dirait des jouets. *(Un temps.)* L'année dernière... j'ai bien failli tomber amoureuse... Je t'assure que je m'y attendais pas ! J'allais chercher Framboise à la gare Saint-Charles, elle revenait de classe de neige. Bon, j'étais très en avance, Hervé m'avait dit de prendre de la marge pour avoir le temps de trouver à me garer en surface à cause des parkings en sous-sol qui sont beaucoup plus chers, bref ! J'étais là une heure trop tôt. Bon... J'attends ma Framboise, debout sous le panneau des arrivées, en plein courant d'air, et un homme descend du train – quel âge ? La bonne cinquantaine... oui... Il portait un imperméable... c'est ce qui m'a attirée tout de suite... Il se tenait dans cet imperméable, une épaule plus basse que l'autre – on l'aurait dit porté par ce déséquilibre, si, si, porté... parce qu'il n'avait plus de travail, tu comprends, ça se voyait, ça se voyait qu'il avait été lâché et qu'il descendait du train pour un rendez-vous professionnel... un emploi qu'il n'aurait pas – on lui donnait facilement cinquante ans, je t'assure. Il n'avait pas l'air d'avoir peur, ni d'être anxieux, non... il avait l'air d'être soulagé. Imagine ! Cet homme-là, tout au bord de l'exclusion, le monde social qui glisse lentement de ses épaules et lui… soulagé ! Oh ! je pouvais presque sentir sur moi son soupir de soulagement, cette grâce… C'est sûr, si je commençais, je pourrais plus m'arrêter. Il y a tellement de petits détails qui leur échappent, aux hommes, et ces contretemps, ça me pince le cœur, ça me donne chaud. L'homme du train, je ne l'ai pas abordé. Il ne faut pas… pas trop flâner, se permettre d'être à la merci d'un bouleversement… d'un simple trouble… Il faut foncer ! Si on s'arrête… si on commence à se regarder tous, les yeux dans les yeux, mais si on prend ce temps-là, on ne se relève plus… Maman ? Est-ce que la mort, c'est… regarder un homme et ne plus être émue ? Oh, maman ! maman ! est-ce que Dieu t'a récompensée ? Moi, si j'étais Lui, j'existerais rien que pour te faire plaisir…

Paul arrive, une cigarette à la bouche.

PAUL. La jeune sœur au rosier : quel tableau !

SABINE. Tu fumes de plus en plus, toi.

PAUL. Je m'en grille toujours une petite après la victoire.

SABINE. Quelle victoire ?

PAUL. J'ai gagné Hervé au tennis.

SABINE. Oh ! alors celle-là, tu aurais pu l'allumer avant la première balle !

PAUL. Non ! Il faut y croire à chaque fois – Hervé serait vexé d'ailleurs, si je ne prenais pas ça comme un véritable challenge.

SABINE. Et tu fumes quoi ?

PAUL. Des blondes légères, tu en veux ?

SABINE. Merci – bien que je ne sois pas enceinte, je ne fume pas. Non, je voulais connaître la marque parce que, demain matin, c'est moi qui achète les croissants, et j'aurais pas voulu qu'il te manque quelque chose.

PAUL. C'est gentil.

SABINE. Normal. Je suis une gentille fille, on t'a pas dit ?

PAUL. Si. Si… *(Un léger temps.)* Il y a toujours des pucerons ?

SABINE. Non. On a bien pulvérisé, la dernière fois – j'aime pas ça, d'ailleurs, mais c'était eux ou maman…

Elle s'interrompt brusquement, consciente de sa gaffe. Un temps.

PAUL. Qu'est-ce que tu as dit ?

SABINE. Qu'est-ce que j'ai dit ?

PAUL. Tu as dit "c'était eux ou maman" ?

SABINE. Ah bon ? *(Un temps.)* Passe-moi une cigarette.

Il lui offre puis lui allume une cigarette. Elle s'éloigne du rosier.

PAUL. Tu vas me trouver curieux, hein, mais j'aimerais bien comprendre… alors, tu vas me dire si je me trompe…

SABINE *(l'interrompt)*. Tu ne te trompes pas ! Les cendres de maman ont été dispersées sur le rosier.

PAUL. Celui-là ? Ce rosier-là ?

SABINE. Tu en vois un autre ?

PAUL. Non…

Un léger temps.

SABINE. J'aurais préféré en parler à Michelle, d'abord…

PAUL. Parce que Michelle…

SABINE. Un jour, papa a trouvé une prière… une sorte de… de poème écrit par maman et il lui a semblé que c'était sans ambiguïté : elle aurait voulu que ses cendres soient dispersées sur ce rosier… sûr…

PAUL. Pourquoi à toi ? Pourquoi te l'avoir montré seulement à toi ? Il me semble que Michelle…

SABINE *(l'interrompt)*. Quoi ? Il te semble que Michelle, quoi ?

Un léger temps.

PAUL. Rien. Tu disais… qu'est-ce que vous avez vaporisé… sur le… sur la…

SABINE. Un insecticide ! Qu'est-ce que tu veux qu'on vaporise ?

Elle écrase sa cigarette et retourne tailler le rosier, Paul la regarde.

PAUL. Ça alors… non mais, alors ça… c'est… ça alors… c'est…

SABINE. Où est-ce que tu me conseilles de les prendre, les croissants ?

PAUL. Ah, je... je ne sais pas... moi je vais toujours chez Michard, tu sais : celle qui fait l'angle – quoique ce matin, je me suis fait avoir...

SABINE. Tu t'es fait avoir ? Mon pauvre Paul !

Elle s'approche de lui avec le sécateur.

PAUL. Fais attention : ça peut être dangereux...

SABINE. Si tu veux téléphoner à ta pute, les matins où tu la baises pas, t'es pas obligé de ramener à chaque fois des croissants à ma sœur !

PAUL *(à propos du sécateur).* Tu devrais le poser...

SABINE. Elle a du mal à les digérer, tu sais.

PAUL. C'est pas ton histoire, Sabine.

SABINE. Si ! c'est une histoire de famille ! Une histoire d'honneur !

PAUL. Voilà. Pose ce sécateur.

SABINE. Depuis qu'elle vit avec toi, ma sœur peut plus écrire une ligne ! Tu l'étouffes ! Tu la tues !

PAUL. Mon Dieu ! que ce week-end est long !

SABINE. Ça fait combien d'années que tu la trompes ?

PAUL. Je ne la trompe pas puisqu'elle le sait.

SABINE. Sale enfoiré !

Elle s'approche brusquement de lui, qui met les mains en avant pour se protéger, le sécateur lui blesse un doigt, à la main gauche.

PAUL. Ah ! La salope ! La salope ! Ah !

SABINE. Mon Dieu ! Paul ! Paul ! Mais qu'est-ce que j'ai fait ?

PAUL. Je saigne ! Regarde ça ! Foutue salope !

SABINE. Tu paniques sans raison – je suis sûre que tu paniques sans raison... Oh ! Seigneur ! J'aurais pu le tuer !

PAUL. T'as pas un mouchoir ? Un foulard ? Quelque chose ? Mais dépêche-toi ! Je saigne !

SABINE. J'ai toujours un mouchoir ! Qui a des enfants a toujours un mouchoir !

Elle sort un mouchoir de sa poche.

PAUL. Tu vas faire compression !

SABINE. Oui.

PAUL. Dès que tu vois mon doigt, tu fais compression !

SABINE. Oui !

PAUL. Tu vas tenir le coup ?

SABINE. Mais oui ! *(Il présente son doigt à Sabine qui y noue aussitôt son mouchoir.)* Pouh ! un petit bobo de rien du tout !

PAUL. Des heures que je te disais de poser ce sécateur !

SABINE. C'est très superficiel. Bouge un peu le doigt, pour voir. *(Il s'exécute.)* Très, très superficiel.

PAUL. Je te savais pas si violente !

SABINE *(dans un petit rire)*. Moi non plus ! *(Un léger temps.)* Tu me donnes une cigarette ? *(Il lui donne le paquet.)* Je t'en allume une ? *(Paul acquiesce ; Sabine lui allume une cigarette qu'elle pose doucement entre ses lèvres. Un temps, troublé.)* Ça tombe bien que ce soit la main gauche…

PAUL. Ouais… ça tombe bien… *(Un temps. Ils fument en silence.)* Je voudrais te dire, Sabine… J'aimerais que tu comprennes…

SABINE. Mais c'est pas de comprendre qui est difficile, Paul, c'est d'admettre.

PAUL. Tu veux pas savoir, alors ?

Un léger temps.

SABINE. Si.

PAUL. Comment te dire ? Comment dire ça ? *(Un temps.)* Quand j'ai rencontré Michelle… il m'a semblé que la vie devenait immense – la vie s'ouvrait, ça faisait presque peur. On était mari et femme… Mari et femme… c'est ça l'aventure, non ? Ça devrait être ça : “avoir une aventure”, l'inverse de la passade… La vie était immense, mais on n'a pas osé. Il aurait fallu oser être ridicules – donner tout ce qu'habituellement on cache par peur du ridicule. Mais pour ça, bien sûr, il faut se laisser aller, se lâcher…

SABINE *(mauvaise)*. Faire confiance.

Un léger temps.

PAUL. Michelle, j'aurais voulu tout connaître d'elle, et c'était sans doute trop. Connaître les plus petits détails de son intimité et aussi ses projets les plus démesurés… passer avec elle de l'infime à…

SABINE. Bon ! Bon ! Assez de gargarisme ! Donne-moi un exemple ! Un seul !

PAUL. Mais, c'est pas un exemple ! c'est toute une vie qu'il faudrait donner ! Ah, vraiment tu comprends rien !

Un temps.

SABINE. Tu veux une autre cigarette ?

PAUL. Non, je veux pas une autre cigarette ! je veux parler ! parler de moi, eh oui ! J'ai envie de parler de moi ! Je vais crever à force de prendre sur moi, de rester dans la limite de ma place autorisée ! Tiens : Michelle – tu veux un exemple ? C'est ça qu'il te faut ? Michelle, j'aimerais lui parler du gosse que j'étais sans qu'elle me dise "je sais déjà" ; j'aimerais qu'elle écoute mes vieilles histoires comme si c'était un vrai moment de séduction…

Un léger temps.

SABINE. Continue… vas-y… vas-y… Paulo ?

PAUL. Quand j'étais petit…

SABINE. Hum… ?

PAUL. Quand j'étais petit, je m'ennuyais souvent de ma mère en cour de récréation – je l'aimais tellement, je me sentais si seul… Dans les conseils d'administration parfois, ça me fait la même chose… je voudrais chialer de solitude, chialer à gros bouillons ; ils me sourient parce que je suis le président-directeur général et ils me méprisent, je le sais. "Est-ce qu'on n'a pas tous eu cinq ans ?", j'ai envie de leur demander. "Est-ce que chacun de nous ne s'est pas ennuyé de sa mère un jour dans la cour de récréation ?" Comédie ! On joue la comédie, alors je me dis : gagne ton fric, mon Paulo, ramasse la mise, y a que ça qui compte, non ? Et je paye à Michelle des séjours dans des hôtels tellement luxueux qu'on a toujours peur de ne pas être à la hauteur… mais être dans un hôtel minable et le trouver beau, être dans un hôtel minable et oser s'avouer des trucs minables : c'est ça l'amour, non ?

SABINE. Non, ça c'est un fantasme de riche.

PAUL. Tu vois, tu t'étais surestimée : c'est difficile de comprendre.

SABINE. Toi, ce que tu voudrais c'est que je te plaigne et que je file expliquer à ma sœur que ce qui lui arrive c'est vraiment comme on nous a dit au catéchisme : sa faute, sa faute, sa très grande faute !

PAUL. OK. N'en parlons plus.

SABINE. Ça me fait pas de peine, Paul, que tu aies des moments de blues pendant les conseils d'administration. J'ai lu dans le journal que ton usine de Rouen allait fermer : un site pas assez rentable à ce qu'il paraît ! Plus de cinq cents personnes sur le carreau. Qu'est-ce que tu vas t'en offrir, avec tes futurs bénéfices, des nuits coincées dans des hôtels de luxe, j'en chiale d'avance !

PAUL. Eh oui, que veux-tu ! Moi je ne suis qu'un fils à papa !

SABINE. N'essaye pas de m'attendrir ! Tu ressembles à tes parfums, Paul, tu essayes de faire vrai avec du trafiqué : "Carrière" ! Ça alors, c'est romantique, on a tout de suite envie d'en glisser un flacon sous son oreiller !

PAUL. Michelle, c'est son anticerne qu'elle planque sous son oreiller. Mais elle a tort de vouloir rivaliser avec une femme qui n'existe pas.

SABINE. Comment ça, qui n'existe pas ?

PAUL. Tout ce qu'elle imagine est faux, forcément. Si tu tiens à lui dire quelque chose de ma part, dis-lui que Jeanne…

SABINE *(l'interrompt)*. Je veux pas savoir son nom !!!

PAUL. Dis-lui que Jeanne est une femme ordinaire, qui n'a ni parfum ni anticerne…

SABINE *(l'interrompt)*. Elle est mineure ?

PAUL. Elle est plus âgée que Michelle… mais avec elle, oh, c'est simple… je vis. Je ris. Je rêve. Je suis bien… C'est doux. C'est calme.

SABINE *(ironique)*. La passion, quoi !

PAUL. Non, ce n'est pas la passion… et pourtant, c'est une femme qui me surprend, toujours, et que… que j'étonne un peu – enfin, je crois. Michelle, rien ne l'étonne, jamais, et surtout pas moi ! *(Il parle de plus en plus fort, jusqu'au cri.)* Et d'ailleurs qu'est-ce qu'il y a d'étonnant à s'ignorer toute la semaine et à passer ses week-ends ici, dans cette baraque immonde qui pue la pisse et l'eau bénite, ce jardin plein de fientes et maintenant ce… ce rosier morbide ! "Vous avez bien dormi,

Armand ? Vous avez bien mangé, Armand ? Ah ! c'est parfait, Armand !" Tous les week-ends à faire la répétition générale de ma future vieillesse en regardant ma femme se changer vingt fois par jour, comme une Barbie hystérique ! *(Il se calme. Un temps.)* Comme j'ai envié Hervé... tu étais là, avec ce ventre... on aurait pu craindre que tu le blesses, ce ventre si gros, si rond et si souvent, mais toi... tu le portais fièrement, presque projeté en avant, comme si au lieu de courir un danger, c'était lui qui te protégeait et c'est vrai... c'est vrai que tu forçais le respect. Oui, je vous enviais. Michelle disait : "Si c'est encore une fille, papa sera trop malheureux", Louise, elle, souriait tristement sur des photos mal agrandies... Je sais que Michelle s'est fait avorter deux fois, en cachette... pour me haïr un peu plus – pour avoir de bonnes raisons de me haïr encore plus...

SABINE. Est-ce que... est-ce que tu as des enfants ? avec... je veux dire... avec l'autre ?

Un temps. Ils se regardent en silence, les yeux dans les yeux ; arrivée d'Hervé.

HERVÉ *(à Paul)*. Je rêve ou je t'ai entendu crier ?

PAUL. J'ai crié, je crois.

HERVÉ *(désignant le doigt de Paul)*. Qu'est-ce que tu t'es fait ?

PAUL. Je me suis piqué au rosier...

HERVÉ. Ça fait si mal que ça ? Mon vieux ! Ça va maintenant, tu te sens tout à fait bien ?

PAUL. Très bien... tu... tu veux une cigarette ?

HERVÉ. Ne propose jamais une cigarette à un sportif, malheureux ! *(A Sabine.)* J'ai téléphoné aux petites.

SABINE. Encore ?

HERVÉ. Elles étaient un peu excitées... elles ont pique-niqué dans les penderies. Suzanne était ennuyée mais j'ai dit : "Ne vous en faites pas Suzanne, l'essentiel c'est qu'elles s'amusent, on rangera à notre retour."

SABINE *(pour elle-même)*. Surtout moi.

HERVÉ. De toute façon, ça peut pas être plus le bordel qu'ici, hein ? Et puis, alors ! je deviens parano : la maison est piégée. Les images pieuses ! Je viens d'en découvrir une dans les chiottes ! "Le Seigneur est sur ton chemin", "Le Seigneur te garde", "Jésus est là", "Dieu te voit", c'est d'un sans-gêne !

PAUL. C'est la nouvelle femme de ménage – une illuminée ; elle récurerait avec de l'eau de Lourdes si elle pouvait – si elle pouvait récurer, je veux dire, elle est paralysée. Armand est fou de son fils, un scout obèse qui rate sa promesse depuis six ans, déjà…

HERVÉ. C'est malheureux comme les vieux se font exploiter, hein ? Les paralytiques qui entubent les agonisants, mais où on va ?

SABINE *(choquée)*. Hervé !

HERVÉ. Mais tu as fumé, toi !

SABINE. Ça se sent ?

HERVÉ. Eh ! *(Il l'embrasse soudain à pleine bouche.)* Mais oui, elle a fumé ! On se croirait en vacances ! *(Désignant Paul.)* C'est ce salaud, qui te dévergonde ?

SABINE. Mais toi, tu sens l'alcool. Tu as bu ?

HERVÉ. J'ai fait un peu de rangement parmi les digestifs…

SABINE. Pourquoi tu as fait ça ? J'aime pas quand tu bois…

HERVÉ. Et quand je bois pas, tu m'aimes ?

SABINE *(gênée, à Paul)*. Un vrai môme !

HERVÉ. Tu m'aimes ?

SABINE. Mais arrête… !

HERVÉ. Ça te dérange, Paul, que je demande à ma femme si elle m'aime ? *(Un léger temps.)* Peut-être que tu préférerais que je lui demande si elle a bien dormi ? *(A Sabine.)* Tu as bien dormi, mon amour ?

SABINE. Ça suffit, je te dis !

HERVÉ *(à Paul)*. C'est pas des tendres, hein, les sœurs Ducastel ? Enfin… sauf avec leur père…

Il joue à l'harmonica la chanson de Bourvil : "Ma p'tite chanson". Sabine l'écoute en regardant Paul, puis caresse les cheveux d'Hervé, du bout des doigts. Soudain, elle se lève.

SABINE. Voilà papa !

Hervé cesse de jouer. Armand, livide, marche lentement jusqu'à la terrasse, appuyé au bras de Michelle, très grave. Ils s'assoient sur la terrasse, regardant fixement devant eux. Sabine les rejoint.

SABINE *(à Armand).* Ça t'a fait du bien ?

Armand la regarde sans répondre. Sabine s'assied à côté de lui, il est maintenant entouré de ses deux filles.

HERVÉ. Il serait mieux au chaud, quand même…

PAUL. Ces derniers temps, il veut toujours être dehors… il reste ici, sans rien faire, sans même s'occuper des fleurs… forcément il finit par s'endormir…

SABINE *(elle se tourne vers Michelle).* Ça lui a fait du bien ?

MICHELLE *(d'une voix blanche).* Il s'est baigné trop longtemps, je crois.

HERVÉ. Ce jardin… quand j'ai connu Sabine…

PAUL. Oui, du temps de Louise, c'était une petite merveille.

SABINE. C'est vrai, vous avez été longs…

PAUL. Je l'aimais bien, Louise – elle était comme son jardin, tiens : soignée et calme.

SABINE. Je me demandais…

PAUL. Elle chantait tout le temps, du bout des lèvres, ça agaçait Armand et un jour il lui a lancé : "Pourquoi chantes-tu sans cesse ? Ça fait un bruit de fond désagréable." Et elle a répondu : "Je chante… parce que je suis heureuse, je chante comme les oiseaux de mon jardin."

SABINE. Les petites sont en pleine forme – Hervé a encore téléphoné… la maison est sens dessus dessous… tout va bien…

PAUL. Alors tu ne sais pas ce qu'il lui a dit ? Il lui a dit : "Parce que tu crois que les oiseaux chantent ? Les oiseaux ne chantent pas : ils radotent !"

SABINE. Devine ce qu'elles ont inventé… ?

PAUL. Que ce soit pour la parade nuptiale ou pour défendre leur territoire, les oiseaux ne piaillent jamais qu'une seule chose : "Je suis là. Je suis là. Je suis là." Alors, elle a incliné la tête légèrement et elle a répondu : "Hum… c'est bien ce que je disais."

SABINE. Une cabane dans la penderie… Tu as les mains froides.

HERVÉ. On croulerait sous les projets, hein, si on parlait autant de l'avenir qu'on parle du passé ?

PAUL. Au fait ? Ton équipe ?

HERVÉ. Quelle équipe ?

PAUL. Ta fameuse équipe de foot !

SABINE. Ça… elles en inventent… hum ?

HERVÉ. Ah… ! C'est pas encore pour cette année. Putain ! Sept ans maintenant que la municipalité nous refuse le terrain… ça n'avance pas… Deux générations de mômes à qui je promets des matchs de foot le samedi et des entraînements le soir…

PAUL. Mais le terrain, ils l'ont ?

SABINE. Quand elles verront la cabane de Guillaume… hein, papa ?

HERVÉ. Un peu qu'ils l'ont !

SABINE. Et meublée en plus. Hein… ?

HERVÉ. Ça fait dix ans qu'ils le réservent pour des immeubles de standing, mais bien sûr on voit rien venir : quel richard aurait envie de crécher dans les quartiers nord de Marseille ? Un hôtel encore, je dis pas : ces mecs-là ils ont besoin d'exotisme, ça les fait bander les hôtels minables – tu sais qu'il y en a même qui payent pour passer une nuit en taule ?

PAUL. De moins en moins – je veux dire : ils payent de moins en moins.

SABINE. T'es un peu pâle… un peu…

HERVÉ *(réalisant après coup)*. Ah oui ! *(Ils rient tous les deux.)* "De moins en moins" ! Ils PAYENT de moins en moins ! je tousse plus du tout quand je ris… file-moi une clope !

SABINE. Tu as toujours mal ? papa ? tu as toujours aussi mal au dos ? *(A Michelle.)* Elle était assez chaude, l'eau ?

MICHELLE. Mais oui !

HERVÉ. On aurait pu aller loin – avec l'équipe de foot, je veux dire… parce que ces mômes ils sont tellement en colère… On aurait pu aller très, très loin… La municipalité a investi dans la vidéosurveillance, tu sais ? comme dans un supermarché…

SABINE. Ce qui fait du bien aussi, c'est l'air chaud...

HERVÉ. Quand tu sors de chez toi c'est comme si tu te baladais dans un supermarché...

SABINE. Tu as un sèche-cheveux ? *(A Michelle.)* Il a un sèche-cheveux ?

MICHELLE. Je sais pas.

SABINE. Un peu d'huile camphrée et puis de l'air chaud... tu savais ça, papa ?

PAUL. Moi j'ai envie de tout balancer.

HERVÉ. Les parfums ?

PAUL. De toute façon, ça se casse la gueule.

SABINE. Tu as vu ? J'ai commencé à tailler le rosier... Tu auras des roses superbes... Tu auras des roses superbes... Mais tu as les mains si froides...

HERVÉ. Moi je dis que tu aurais dû rénover un peu. Expliquer à ton père qu'une fois qu'il t'avait légué l'affaire, bon... il n'avait plus son mot à dire.

SABINE. Et si je te faisais un chocolat ? Avec de la crème ? Ça te dirait ?

ARMAND. Elle n'arrivait pas à me sortir du bain.

PAUL. Je pouvais pas faire ça. Ses usines c'était la fierté de toute sa vie. Je pouvais pas toucher à ça. J'avais pas le droit.

ARMAND. Elle dit qu'elle n'arrivait pas à me sortir du bain.

PAUL. Les seuls parfums qui se vendent maintenant, c'est les parfums des couturiers, tu sais, et les maisons de couture elles tiennent grâce aux accessoires : les parfums, les ceintures, les sacs...

ARMAND. Toute sa vie on essaye de montrer aux autres qu'on est quelqu'un. Pourquoi ? *(Il crie.)* Paul !

PAUL *(à Hervé)*. J'y vais, tu m'excuses, mais j'aime pas crier. *(Arrivé à la hauteur d'Armand.)* Je vous entends, ne hurlez pas.

ARMAND. Ce n'est pas le géranium flétri. Ce n'est pas le souffle des cimetières.

PAUL. Vous parlez de quoi, Armand ?

ARMAND. Tes après-rasages : ils sentent le plastique de couloir.

PAUL. Ah…

ARMAND. Est-ce que tu me comprends ?

PAUL. Vaguement.

ARMAND. Tu marches trop vite.

PAUL. … Oui… ?

Hervé s'approche d'eux.

HERVÉ. Qu'est-ce qui se passe ?

ARMAND. Il faut marcher moins vite et se laisser agripper. Pour commencer, il y a les odeurs de lait de couloir – de lait très chaud…

MICHELLE *(l'interrompt).* On va rentrer, papa.

ARMAND. Ça, c'est dans les maternités.

HERVÉ. C'est vrai !

ARMAND. Ensuite, on sort, et il y a des odeurs de jonquilles et de terres humides : ça, c'est dans les jardins, et aussi sur les êtres qui aiment ces jardins. Et pour finir, il y a l'odeur de plastique de couloir, c'est la solitude communautaire dans les bassines : un mélange d'incontinence urinaire, de peaux mortes et de larmes – très fines, très usées… *(Il se lève sans difficulté. A Sabine.)* Je vais dormir. Je veux dormir. Aide-moi ! *(Hervé se précipite pour aider Sabine, chacun donnant le bras à Armand. Ils marchent vers la maison. Soudain, Armand s'arrête et parle, de dos.)* Dans ce jardin, vous allez planter du gardénia. La fleur de la sincérité. Plantez du gardénia et puis… et puis taisez-vous !

Lentement, Armand, Sabine et Hervé rentrent dans la maison.

MICHELLE *(désignant le doigt de Paul).* Qu'est-ce que tu t'es fait ?

PAUL. Rien… je me suis piqué au rosier… Tu t'es pas changée, finalement ?

MICHELLE. Ah, non… *(Un temps.)* Paul… Mon père était dans son bain… il aurait pu se noyer.

PAUL. Tu n'étais pas à côté de lui ?

MICHELLE. J'étais assise sur le rebord de la baignoire… il était si fragile, tout d'un coup… un enfant. Je lui ai tendu la main et j'ai compris… à quel point et jusqu'où il a besoin de moi. La vie ne veut plus de lui. La vie s'échappe en le torturant… elle nous torture tous. *(Un temps.)* Mais dans quelques semaines, tout sera fini. Les armoires vides. Les meubles au grenier. Ses vêtements dans des sacs plastique. Tout sera fini. On jettera ses médicaments. On jettera ses alèses tachées. On dira : "Tu crois que les draps pourraient revenir ? A soixante degrés ? Les draps ? Ça te ferait plaisir de les avoir ?" On lira, sans oser rire, les passages qu'il avait annotés dans sa bible, et puis on la donnera à la femme de ménage. On triera son bureau à la recherche d'une histoire inconnue, d'une photo émouvante, mais on ne trouvera rien. Rien que de l'ordinaire. On cherchera du nouveau dans la mort, mais on ne trouvera rien.

PAUL. Tu trouveras, Michelle. Parce que tu t'es moquée de lui, hein ? Parce que tu as ri de ses superstitions, tu apprendras à lire les signes dans les vols des oiseaux, tu apprendras les arbres qui leur sont favorables, les dieux qui les envoient, les étoiles qui les guident, les saisons qui les éloignent... et dans la curiosité que tu auras pour ce qu'il aimait, tu le trouveras. Je te le promets.

MICHELLE. Si tu savais comme je vais prendre soin de lui. Je ne le quitterai pas d'un souffle. Je serai là. Jusqu'au bout.

PAUL. Qu'est-ce que tu dis ?

MICHELLE. Ce qu'il me demandera, je serai là pour l'accomplir. Je reste avec lui. Coûte que coûte.

PAUL. Et moi, Michelle ?

MICHELLE. Toi ? Mais tu n'es rien – un moment, un tout petit moment dans ma vie... et il suffirait de se tourner le dos... tu le sais bien.

Elle s'en va dans la maison.

PAUL. Michelle !
(Il reste seul. Sabine arrive. Elle a sans doute pleuré. Elle pose par terre un sac à main. Paul la regarde un temps sans rien dire, puis :)
Quand mon père est mort, je rêvais toutes les nuits que je n'avais plus qu'un seul pied et puis un jour... comme ça... le rêve a disparu. *(Un léger temps.)* On ne sait pas pourquoi, mais même après la mort de nos parents, on se remet à marcher... Peut-être parce qu'ils nous l'avaient si bien appris.

SABINE. Moi, j'ai plutôt envie de courir. Très loin. Très, très loin...

PAUL. C'est normal. Ne t'en fais pas... Ça va passer...

SABINE. Je vais partir, Paul.

PAUL. Comment ça, partir ? Partir ? Vraiment ?

SABINE. Oui. Tu trouves que c'est mal ?

PAUL. Mais non… C'est… Et les enfants ?

SABINE. Plus tard. Juste plus tard, hein ? *(Un léger temps.)* Tu sais… si je ne me levais pas le matin parce que le réveil a sonné, la journée de quatre personnes serait fichue… Chaque matin c'est moi qui les réveille les uns après les autres, alors que je voudrais me lever simplement… parce que j'ai envie d'un café. Ou parce qu'il y a du soleil sur mon oreiller… Me lever avec paresse. *(Un temps.)* Du matin au soir et du soir au matin, faire l'épouse et la maman… de mon mieux. Oh oui ! Je vais partir ! *(Paul la prend dans ses bras, elle tente de se dégager.)* Ça va aller, tu es gentil… *(Il la tient plus fort.)* S'il te plaît, Paul, lâche-moi.

PAUL. Non.

SABINE. Ne profite pas de mon… de ma situation, Paul.

PAUL. "Profiter ! " Mais dis-moi pourquoi est-ce que personne, ici, ne fait jamais confiance ? Je te serre dans mes bras, Sabine, parce que ça fait… tellement d'années que je me dis que c'est le seul endroit où il doit faire bon, et chaque fois que tu passes à côté de moi, je me retiens de ne pas hurler, de ne pas te supplier.

SABINE *(se dégage)*. Ça suffit, Paul ! Si tu es malheureux va voir ta… ta passion passive, ou… réconcilie-toi avec Michelle, mais laisse-moi tranquille. Laisse-moi. *(Un léger temps.)* Mon père s'est couché, comme un animal, pour mourir. Je lui ai dit au revoir cet après-midi déjà, lorsqu'il dormait sous le tilleul. Maintenant, je peux partir.

PAUL. Michelle me quitte.

SABINE. Quoi ?

PAUL. Il y a cent ans, c'est le genre de femmes que l'on accueillait dans les couvents… mais c'est ici qu'elle va se cloîtrer. Oui. Ici. Avec ses morts.

SABINE. Mais c'est impossible ! On ne quitte pas un homme comme toi ! *(Se reprenant.)* De toute façon, tu as une "solution de rechange", comme on dit.

PAUL. Mon joker ?

SABINE. C'est ça.

PAUL. Mais sans Michelle, je n'ai plus besoin de Jeanne.

SABINE *(après un temps).* Ah… *(Elle prend son sac à main, va pour partir.)* Je ne crois pas qu'on se revoie jamais, alors…

PAUL. Et Hervé ?

SABINE. J'y penserai demain. Ne t'occupe pas de ça.

PAUL. Mais, il va te chercher… il va me demander…

SABINE *(l'interrompt).* Ecoute, Paul : je ne peux plus rien. Ni pour Hervé, ni pour personne. Ne t'inquiète pas. Fais confiance… ?

PAUL. Et si on ne se connaissait pas, toi et moi ? Si on n'avait jamais eu ni parents, ni frère, ni sœur, ni enfant… et si on se rencontrait… comme ça… dans un jardin ?

SABINE. Eh bien ?

PAUL. Eh bien, toi, par exemple… qu'est-ce que tu ferais ?

SABINE. Sans parents, ni sœur, ni mari, ni enfants ? Mais je serais si légère, Paul… je m'envolerais comme un ballon !

PAUL. Moi, si je te rencontrais…

SABINE *(l'interrompt).* Au revoir.

PAUL. A bientôt, peut-être… Après tout… il y a d'autres jardins.
(Sabine s'éloigne, revient en courant, embrasse passionnément Paul sur la bouche, repart très vite. On entend la lourde grille du jardin qui claque.)
(Au rosier.) Juste faire confiance… pas vrai, Louise ? Faire confiance…

Ouvrage réalisé
par l'Atelier graphique Actes Sud.
Achevé d'imprimer
en septembre 2000
par l'Imprimerie Darantiere
à Quetigny-Dijon
sur papier des
Papeteries de Jeand'heurs
pour le compte des éditions
ACTES SUD
Le Méjan
Place Nina-Berberova
13200 Arles

N° d'éditeur : 3904
Dépôt légal
1re édition : octobre 2000